*아이스케키의 의미

*국어사전상의 의미

① 아이스케이크(Icecake-얼음과자)의 잘못된 표기

*백과사전상의 의미

① 1950년대에서 1970년대에 아이들에게
인기 짱이었던 얼음과자. 형태는 요즘의 하드와 비슷.
아이스케키가 담겨 있는 통을 메고 다니는 아저씨가
'아이~스케키' 한번 외치면 온 동네 꼬마들이 다 달려 나와 침을 흘렸음

② 여자아이들의 치마를 들추는 놀이
- 주로 관심을 끌고 싶은 여자아이에게 했던 일종의 애정 표현

*노빈손 모험상의 의미

① 서기 1만 2003년의 얼음 공화국 이름

② 인류가 건설한 마지막 나라. 나라 건설을 신중하게 논의하던 자리에서
나이 드신 원로 한 분이 "하도 답답하니 아이스케키라도 먹고 싶어" 라고
무심코 중얼거렸던 게 화근이 되어 정해진 이름.
이후 공식적인 자리에서는 물론 생활 속에서도, 치마를 들춰 올리는
불경한 행위를 뜻하는 말로는 절대 쓸 수 없도록 법으로 금지했다.

www.nobinson.com

◎ 등장인물 소개

★ 노빈손

알 수 없는 모험에 또다시 휘말리게 된 기구한 우리의 주인공. 아이스케키 공화국에서 그를 간절히 원한 이유는 뭘까?

★ 아노

아이스케키 공화국의 사제. 아버지는 위기에 빠진 아이스케키 공화국을 구하려고 애쓰다가 뜻을 이루지 못한 채 돌아가셨고, 어머니마저 무리하게 노빈손을 데려오다 몸져눕고 만 슬픈 사연의 소녀. 똑부러지는 성격과 아름다운 목소리로 노빈손의 마음을 사로잡지만, 왠지 노빈손에게만은 쌀쌀맞은 깍쟁이.

★ 넘발키네

말숙이와 너무도 닮은 아주머니, 아니 처녀. 더운 날씨에 허덕대는 아이스케키 국민을 무지 사랑하여 헌신적으로 국회에 출석하는 범생이.

평소엔 "총가~악, 난 총각만 믿어~!" 라는 느끼한 말을 주로 하지만 국회의원답게 마이크만 잡으면 청산유수. 모두의 가슴에 감동의 LPG 가스를 펑펑 폭발시키는 매력적인 아줌마, 아니 처녀.

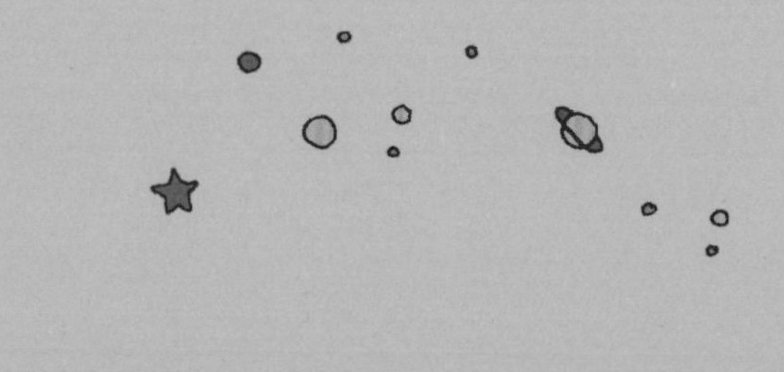

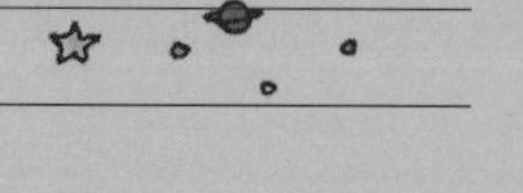

★ 니 고 마 무 라

국회의사당 경비를 서다가 하도 국회가 노는 날이 많아서 하데스 신전으로 자리를 옮긴, 보디가드 겸 수위. 하루 침 배수량 0.5톤. 단 1초라도 먹지 않으면 입 안에 가시가 돋는 가공할 만한 먹보. 그러나 외계인의 유전자 조작이라는 소문이 도는 떡두꺼비 같은 외모에 놀라운 달리기 실력을 소유한 무시무시한 실력자! 21세기의 과학으로는 도저히 그의 속도를 잴 수 없다. 따라올 테면 따라와 봐!

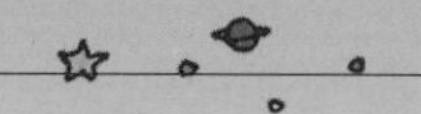

★ 싸 그 리 다 마 치 오

도시락까지 싸들고 다니며 자신을 믿으라고 외쳐대는 이탈리아의 점쟁이. 현란한 말솜씨로 정신을 혼미하게 만들어서 결국 믿게 만드는 집요한 돌팔이. 그러나 노빈손의 모험에 없어서는 안 될 지대한 공헌을 한다는데…….

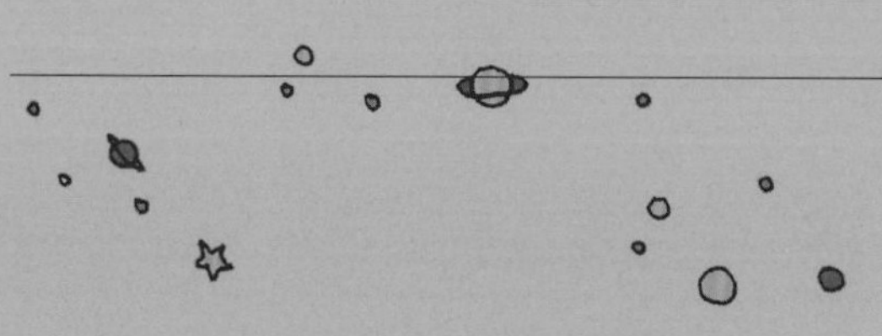

노빈손…
아이스케키 공화국을 구하라 1

노빈손 아이스케키 공화국을 구하라 1

초판 1쇄 발행 2003년 1월 13일
초판 26쇄 발행 2015년 4월 30일

지은이 강용범, 선희영
일러스트 이우일
펴낸이 고영은 박미숙

편집이사 인영아
뜨인돌기획팀 박경수 강은하 김현정 김영은
어린이기획팀 이경화 여은영 | 디자인실 김세라 오경화
마케팅팀 오상욱 | 총무팀 김용만 임진희

펴낸곳 뜨인돌출판(주) | 출판등록 1994.10.11(제300-2014-157호)
주소 110-062 서울시 종로구 경희궁1길 10-1
홈페이지 www.ddstone.com | 블로그 blog.naver.com/ddstone1994
노빈손 홈페이지 www.nobinson.com | 페이스북 www.facebook.com/ddstone1994
대표전화 02-337-5252 | 팩스 02-337-5868

ISBN 978-89-5807-194-5 03810
CIP제어번호: CIP2010001734

노빈손…
아이스케키 공화국을 구하라 1

뭐, 노빈손이 시간의 벽마저 넘었다고?!

강용범 · 선희영 지음 이우일 일러스트

뜨인돌

머리말

영화 「쥬라기 공원」을 보셨습니까? 그 영화는 공룡에 대한 우리의 편견을 확실하게 깨주었지요. 거기에서 공룡은 참 똑똑하고 대단한 생물로 묘사됩니다. 반면 첨단 과학으로 공룡을 통제할 수 있다고 자신했던 사람들은 모두들 죽거나 지친 얼굴로 쥬라기 공원을 떠나게 되지요.

여기서 질문 하나! 과연 인류가 공룡만큼 오랜 세월을 살아남을 수 있을까요? 인간이 지구에 모습을 드러낸 것이 언제인가를 두고 여러 가지 학설이 분분하지만 제아무리 길게 잡아도 500만 년은 넘지 못합니다. 하지만 공룡은 1억 년 넘게 지구를 지배했지요.

1억 년? 실감이 나지 않을 정도로 긴 시간이지요(사실 운석의 충돌만 없었다면 공룡은 3억 년 이상 더 생존했을지도 모를 일입니다). 과연 우리 인류가 이룩한 문명이 1억 년 이상 생존할 수 있을까요?

잔머리 대왕, 사랑스런 악동, 대책 없이 따뜻한 마음의 소유자 노빈손이 어쩌다 보니(!) 이 질문에 대답을 해야 할 처지에 놓였습니다. 세계 곳곳을 종횡무진하며, 산전수전 다 겪은 우리의 노빈손은 드디어 시간의 장벽까지 넘어 1만 년 후라는 먼 미래로 날아갑니다. 그곳에는 최악의 재난을 당한 인류가 건설한 마지막 나라, '아이스케키' 공화국이 있습니다.

노빈손은 그곳에서 고통에 빠진 사람들을 많이 만납니다. 그리고 (정말 딱한 일이지만 이번에도) 죽도록 고생을 합니다. 밥을 굶는 것은 물론이고, 얻어맞는 것 또한 두말하면 잔소리입니다. 심지어 무인도나 아마존에서는 걱정할 필요도 없었던, 말숙이와 엄마의 엄청난 탄압과 핍박에 직면하기도 합니다. 오로지 아이스케키 공화국을 구하기 위해서 말입니다.

그런데 정말 희한하게도, 인류 최후의 공화국 아이스케키는 지금의 우리로서는 상상할 수도 없는 첨단 기술의 혜택 속에 살면서도, 점점 멸망의 구렁텅이로 빠져 들고 있습니다. 우리의 잔머리 대왕 노빈손도 첨단 기술로 해결하지 못하는 인류의 위기를 보며 크게 당황하게 됩니다.

첨단 기술로 해결하지 못하는 심각한 문제가 무엇일까요? 책을 읽는 독자 여러분도 인류 구원을 위해 동분서주, 분골쇄신, 야단법석(?)을 떠는 노빈손과 함께 머리를 굴려 주세요.

저희는 독자 여러분보다 먼저 아이스케키 공화국을 구하기 위해 노빈손이 벌였던 특별한 모험을 지켜보았습니다. 그 모습을 보며, 그리고 황당한 아이스케키 사람들을 보며 많이 웃고, 때로는 비웃기도 했습니다. 하지만 21세기로 돌아오고 나니, 아이스케키 공화국 사람들의 모습과 지금 우리 인류의 모습이 얼마나 다른 것일까 하는 의문도 생깁니다. 지금의 우리도 똑같이 어리석은 것은 아닐까? 이런 반성이 된답니다.

정말로 궁금합니다. 노빈손의 눈물겨운 희생으로 되살아난 아이스케키 공화국이 얼마나 더 오래 갈지…….

끝으로, 이유는 묻지 마시고, 주변 사람들에게 책을 많이 읽으라고 얘기해 주세요. 만화나 컴퓨터 게임, 인터넷과 달리 책은 우리의 머릿속에 숨겨진 상상력을 발동시켜 주니까요. 책이라고는 거들떠보지도 않던 아이스케키 사람들도 앞으로는 책을 많이 읽을 거라고 노빈손이 얘기해 주더군요.

여러분, 기왕이면 『노빈손... 아이스케키 공화국을 구하라』도 많이 사랑해 주세요. 그래야 우리의 노빈손도 신이 나서 유쾌하고, 상쾌하고, 통쾌한 모험을 계속할 테니까요.

2002년 12월 25일 성탄절 아침에 강용범, 선희영

차 례

제 3 부

허수아비 국회

21세기에서 가져오면 되잖아!

노빈손, 21세기로 돌아가다

…› **인류는 영원할까 3. 태양이 지구를 먹어 삼킨다구?**

제 4 부

옥돌 사우나에 추락하다

삼계탕 집에서의 깨달음

니고마무라, 넌 도대체 누구야?

제 5-Ⅱ 부

1

도시락까지 싸들고 온 점쟁이

여기는 인천국제공항. 노빈손은 프랑스행 비행기를 타기 위해 기다리는 중이었다. 물론 노빈손의 엄마와 말숙이는 비행기를 타겠다는 노빈손의 말에 사색이 되어 그를 따라왔다. 그에 관한 소문은 항공사에까지 알려져 노빈손은 천신만고 끝에 비행기 표를 구할 수 있었다.

이날 노빈손 주위에는 거의 대통령의 출국과 맞먹을 정도의 인파가 모여 있었다.

"누구야, 어떤 녀석이 노빈손한테 비행기 표를 팔았어!"

"노빈손, 당신이 탄 비행기가 추락하면 전 그날로 회사에서 쫓겨나

점을 칠 때 쓰는 사주란?
사주(四柱)는 한자로 네 개의 기둥이란 뜻. 사람이 태어난 연(年), 월(月), 일(日), 시(時)를 말한다. 우리 조상들은 사람이 언제 태어났는가에 따라 운명이 결정된다고 믿었기 때문에 태어난 '연월일시'를 운명을 받치는 기둥에 비유한 것이다.

요··· 엉엉~!"

외교통상부 직원, 주한프랑스대사관 사람들, 항공사 직원들까지 몰려나와 노빈손의 출국을 말리고 있었다.

울고불고 소리치는 사람들 통에 공항은 온통 시장 바닥 같았다.

노빈손의 엄마는 급기야 외국인 점쟁이까지 불러왔다. 한국의 대통령은 말할 것도 없고, 세계 각국 대통령의 당선이란 당선은 다 예언했다는 이 점쟁이 아저씨는 도시락까지 싸들고 와서는 노빈손을 설득하기 시작했다.

"이봐요, 노빈손 학생. 이 사람 싸그리 다마치오의 명예를 걸고 말합니다. 제발, 믿어 주세요. 이번에 가면 진짜 큰일 난다니까 그래."

노빈손은 옆에서 떠들건 말건 눈 하나 깜짝하지 않았다. 그저 깊게 숨을 들이쉬며 하늘을 올려다볼 뿐이었다. 싸그리 다마치오는 굉장히 초초한 듯 보였다.

"노빈손 씨, 죽을 고비가 적어도 세 번은 있다니까요. 죽도록 고생할 고비는 수도 없이 많고, 두들겨 맞을 일이 셀 수 없이 많을 겁니다. 가지 마세요!"

이탈리아에서 온 이 점쟁이는 아예 재수 없으라고 굿을 하는 것 같았다.

"이봐요, 점쟁이 아저씨. 싸그리 다 망치지나 마시고 제발 내버려둬요."

그때 말숙이가 뭔가 결심을 한 듯 입을 열었다.

"그래, 자기. 삼세번이라잖아. 비행기 사고도 세 번은 당해 봐야 인생의 쓴맛도 알고 나라 경제 회복에도 기여하는 거라고 생각해. 호호."

경제 회복? 이게 무슨 소리야? 노빈손은 멀뚱한 표정으로 말숙이의 얼굴을 쳐다봤다.

방실방실 웃고 있는 말숙이를 보니 갑자기 고달팠던 지난 모험들이 떠올랐다. 그의 얼굴에 순간 어두운 그림자가 비치자, 갑자기 주변 사람들의 얼굴에 희미한 미소가 감돌았다. 그리고 이어지는 간절한 기대

의 눈빛들. 그러나…….

"아니야, 남아일언중천금이라 했지. 가겠어. 나 노빈손, 어떤 고난이 따르더라도 반드시 파리에서 린드버그의 신화에 도전하고 말겠어!"

모두들 좌절과 절망의 눈물을 흘렸다.

아무리 말려도 노빈손이 들은 척도 안 하자 싸그리 다마치오는 얼굴이 시뻘개져선 고래고래 소리를 질러댔다.

"노빈손, 네가 날 무시해? 네가 그러고도 무사할 줄 알아~! 내 말 안 들었다가 선거에서 떨어진 녀석들이 한둘이 아니야!"

주위는 삽시간에 다시 아수라장이 되어 버렸다. 당당히 탑승구를 향해 들어가는 노빈손의 뒷모습을 바라보던 프랑스 대사는 입에 거품을 물며 절규했다.

"대통령 각하, 죄송합니다. 부디 용서를……."

허나 아무런 동요 없이 말숙이는 야릇한 미소를 지으며 노빈손을 배웅했다.

"자기야, 몸 성히 잘 갔다 와. 나 그동안 체력 단련 하고 있을게."

그러나 분이 풀리지 않은 싸그리 다마치오는 끝끝내 자신의 말이 맞을 거라며 노빈손의 뒤통수에 대고 삿대질을 해댔다.

"야 노빈손, 네가 점을 알아? 아냐고~!"

노빈손, 린드버그의 신화에 도전하다

린드버그는 누구일까?
1927년 최초로 대서양 무착륙 단독비행에 성공한 미국의 비행사. '스피릿 오브 세인트루이스' 호를 타고 뉴욕-파리 간의 5,809km를 33시간 39분 만에 주파하였다. 2002년 5월 그의 손자 에릭 린드버그가 75주년 기념 사업으로 할아버지의 비행로를 따라 대서양 횡단에 나서기도 하였다. 우리의 노빈손처럼.

주위의 염려와는 달리 아무런 사고 없이 노빈손은 에펠탑이 저 멀리 보이는 파리 외곽의 비행장에 도착했다.

"첫, 나를 쫓아다니던 불운도 이젠 끝났다구. 왜 이러셔! 싸그리 다마치오란 사람 분명히 돌팔이일 거야. 어째 얼굴에서 사기꾼 냄새가 나더라니……."

노빈손은 잔뜩 거만한 표정을 지으며 비행장을 한번 쓰윽 돌아봤다.

많은 사람들의 반대에도 불구하고 노빈손이 고집을 피워 이곳까지 온 데는 다 이유가 있었다. 린드버그처럼 프로펠러 비행기를 타고 대서양을 건너고 싶었던 것이다.

린드버그가 누구인가? 10살 때 비행기를 보고 하늘을 날기 원했던 사람이요, 대서양을 건널 때 탄 비행기까지 손수 제작한 사람이 아닌가.

"히히, 나도 비행기를 제작하기는 했지, 종이로."

게다가 그는 1927년 5월 19일에 무전기와 낙하산조차 없이 33시간 만에 대서양을 건너서 인류의 비행 역사에 한 획을 그은 사람이다. 비행기하고는 악연이 많은 노빈손이지만 정말 꼭 한 번은 해보고 싶은

인공위성항법장치가 뭘까?
하늘에 띄워 놓은 24개의 인공위성에서 오는 신호를 이용해 항공기·선박·자동차 등의 정확한 위치를 파악하게 해 주는 첨단 장치이다. 최근에는 단순한 위치 정보 제공뿐만이 아니라 다양한 교통 수단들의 자동항법 및 교통관제, 충돌 방지, 대형 토목공사의 측량, 지도제작 등 광범위한 분야에 응용하고 있다.

멋진 탐험임에 틀림없었다.

"그나저나 낙하산은 잘 챙겼을까? 비행기 조종사가 알아서 하겠지, 뭐."

거칠고 검푸른 파도가 부서지는 영국의 백악 절벽 해안을 굽어보며 미국으로 날아간다는 생각만 해도 가슴이 부풀어 터질 것 같았다.

"저 멀리 자유의 여신상이 보인다~아!"

노빈손은 미국의 대서양 연안 도시의 불빛이 보일 때 읊조리려고 준비해 둔 멋진 대사를 한 번 외쳐 봤다.

잔뜩 들떠서 싱글벙글인 노빈손과는 달리 저쪽 편엔 긴장한 빛이 역력한 한 사내가 궁시렁대고 있었다.

"정말 나 안 가고 싶은데……."

노빈손을 태우기로 한 조종사 나안갈래용이었다. 한국인 친구로부터 노빈손의 '살벌하고 괴기스런' 무용담을 전해 들었던 것이다.

그는 아침부터 수시로 날씨 체크를 하는가 하면 인공위성항법장치 등 온갖 첨단장비까지 마련해 두고 있었다. 그러고도 모자라서 아침나절부터 6시간째 기체를 점검하고 있었다. 사실은 노빈손이 지쳐서 혹시나 횡단을 포기하지 않을까 하는 생각에서였다. 하지만 노빈손은 눈곱만큼도 그런 기미를 보이지 않았다.

"아저씨, 언제 출발해요? 아, 지겨워 미치겠네."

몸을 비비 꼬고 하품을 쩍쩍 해대던 노빈손이 드디어 입을 열었다.

"이봐요, 미스터 노빈손. 다 당신 때문에 이렇게 철저히 검사하는 겁니다."

"예? 저 때문이라뇨?"

노빈손은 눈을 동그랗게 뜨고 나안갈래용을 쳐다봤다.

"당신이 탄 비행기나 배치고 사고 안 난 게 없다면서요."

나안갈래용은 거의 울 것 같은 표정이었다.

"아하, 그러네요. 계속하세요. 아~주 꼼꼼히 보세요."

노빈손은 새벽부터 일어나 수선을 떨었던지라 졸음이 몰려오기 시작했다.

한 5분이나 지났을까, 노빈손이 꾸벅꾸벅 졸자 조종사 나안갈래용과 정비사는 회심의 미소를 지었다. 정비사는 슬그머니 다가가 노빈손의 볼을 쿡쿡 찔러 봤다. 노빈손은 코까지 드르렁거리며 깊은 잠에 빠져 있었다. 나안갈래용과 정비사는 서로를 껴안고 입이 찢어져라 만세를 불렀다. 물론 속으로만. 그때였다.

"아~, 당신 누구야!"

노빈손이 놀란 표정으로 벌떡 일어났다. 나안갈래용은 정비사의 머리를 쥐어박으며 원망스런 눈으로 째려보았다. 하지만 노빈손이 깬 것은 꿈 때문이었다. 너무 무섭고 생생한 꿈이었다.

'혹시 대서양 횡단 비행과 관련된 꿈은 아닐까?'

"나안갈래용 아저씨, 방금 전에 눈보라 속에서 하얀 털가죽을 뒤집어쓴 사람 하나가 저에게 다가오는 꿈을 꿨어요. 이게 길몽일까요, 악몽일까요?"

나안갈래용은 기다렸다는 듯이 외쳤다.

"그거 정말 무서운 꿈이네요. 우리 이 비행 당장 중단합시다. 중단해요."

나안갈래용의 얼굴에 한 줄기 희망의 빛이 스쳐지나갔다. 노빈손도

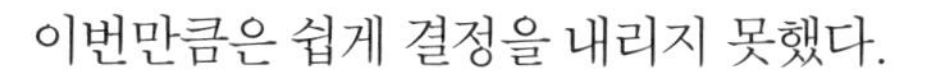

이번만큼은 쉽게 결정을 내리지 못했다.

'그래, 노빈손 가지 말자, 가지 말자, 가지 말자…….'

나안갈래용은 마음속으로 끊임없이 주문을 걸었다.

"아니지, 노빈손. 남아일언중천금이라 했거늘, 그 모진 반대를 무릅쓰고 여기까지 와서 무너지면 안 되지. 개꿈이야, 개꿈."

노빈손이 주먹을 불끈 쥐며 중얼거렸다.

"허걱!"

나안갈래용의 얼굴이 다시 흙빛으로 변해 버렸다. 사실 조종사 나안갈래용은 노빈손의 무서운 과거를 알게 된 뒤, 며칠 동안이나 온갖 핑계를 대며 출발을 지연시켰다. 지쳐 떨어져 나가기를 고대했던 것이다. 하지만 모질고 질긴 목숨으로 세계 탐험과 모험의 역사에 길이 빛날 노빈손이 그리 쉽게 포기할 리 없었다.

'오 주여, 어찌하여 저에게 저런 찰거머리 같은 녀석을 보내셨나이까…….'

조종사 나안갈래용은 울먹이며 조정석에 앉았다. 한데 출발할 생각은 안 하고 눈을 감은 채 뭐라고 중얼거리고만 있었다.

'아니, 이 아저씨가 언제까지 꾸물거릴 생각이야!'

초음속여객기 콩코드
린드버그의 비행기 평균속도가 시속 170km를 조금 넘었다고 하니 서울-부산 간을 시속 231km로 달릴 고속철도보다 느렸던 것이다. 하지만, 린드버그 이후 비행기 개발도 발전을 거듭해 초음속여객기 콩코드는 대서양을 횡단하는 데 4시간도 걸리지 않는다. 순항속도가 시속 2,200km로 음속의 2배에 가깝다.

"아저씨, 출발 안 해요?"

노빈손은 결국 짜증을 내며 물었다.

"미스터 노, 당신 때문에 기도 중이니까 제발 조용히 해요."

미안하기도 했지만 악명이라 해도 자기가 이렇게 세계적으로 유명해졌다니 노빈손은 왠지 기분이 좋았다.

"주여, 당신께 제 운명을 맡기겠나이다. 노빈손 씨, 이제 출발합시다."

드디어 비행기의 프로펠러가 날씨처럼 가벼운 소리를 내며 돌아가기 시작했다. 출발이다. 저 멀리 보이는 대서양, 그 대서양 건너편에서 미국 땅이 노빈손을 기다리고 있는 것이다.

낙하산이 하나뿐이로군요

파리의 에펠탑 위를 멋지게 한 바퀴 돈 '스피릿 오브 세인트루이스'란 이름의 비행기는 영국과 프랑스를 가르는 도버해협 쪽으로 나아갔다. 도버해협의 물살 역시 대서양처럼 거칠었다.

한 시간쯤 지났을까, 나안갈래용이 손을 뻗어 아래를 가리켰다.

"미스터 노, 저기가 바로 그 유명한 백악절벽입니다."

노빈손이 고개를 돌리자 정말 놀랄 정도로 하얀 바위절벽이 푸른 바

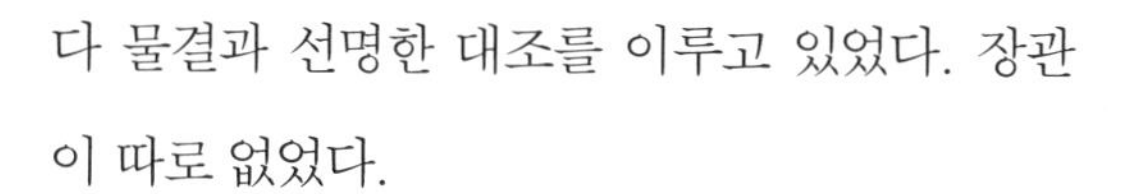

다 물결과 선명한 대조를 이루고 있었다. 장관이 따로 없었다.

감탄도 잠시, 백악절벽의 장관도 금방 지나가 버렸다. 그리고 바다만 지루하게 보이기 시작했다. 슬슬 잠이 왔다.

"흐아~~암."

노빈손은 턱이 빠져라 하품을 했다. 뭔가 멋진 비행이 될 거라고 기대했지만 별빛만 초롱초롱한 밤하늘을 난다는 것이 생각처럼 신나진 않았던 것이다.

"정말 내 눈빛처럼 초롱초롱한 별빛이로군. 근데, 너무 지루하다. 흐아~~암."

사실 린드버그도 배고픔이나 목마름, 혹은 다른 위험이 아니라 졸음과의 싸움이 제일 힘들었다고 했다. 자꾸 하품을 하면 조종사가 힘들게 뻔했지만 나오는 하품을 어쩔 수 없었다.

"어, 저기서 웬 레이저 광선이!"

갑자기 조종사 나안갈래용이 떨리는 목소리로 크게 외쳤다.

"뭐라고요, 레이저 광선?"

노빈손의 눈이 휘둥그레졌다. 정말이었다. 저 멀리 바다 한가운데에서 푸르게 빛나는 광선 한 줄기가 검은 밤하늘을 눈부시게 갈라놓았

레이저 광선, 어떻게 만들어질까?

빛은 여러 가지 서로 다른 종류의 빛이 한데 섞여 있다. 그런데 이러한 빛을 어떤 물질에다 강하게 쬐면 한 종류의 빛만 걸러져서 물질을 통과하게 된다. 레이저 광선은 한 종류의 빛만 한 방향으로 집중되어서 나오기 때문에 볼록렌즈로 햇빛을 모았을 때보다 10만 배가 넘는 에너지를 가지고 있다. 따라서 금속이나 다이아몬드에도 쉽게 구멍을 뚫을 수 있으며, 사람 몸에 있는 암세포만 정확하게 태워 없앨 수도 있다.

다. 노빈손의 가슴이 거세게 쿵쾅거리기 시작했다. 흥분됐다. 뭔가 일이 벌어질 것만 같았다. 정말 큰일이 벌어질 것 같다고 느끼는 순간,

"악~, 눈이 안 보여!"

갑자기 노빈손의 눈앞이 새하얘졌다. 아무것도 보이지 않았다.

"미스터 노, 괜찮습니까? 광선이 갑자기 당신의 얼굴로 날아들었어요."

'뭐, 내가 얼굴에 레이저 광선을 맞았다고?'

노빈손은 정신이 얼얼했다. 다행히 금방 눈이 보이기 시작했다. 하지만 그는 느낄 수 있었다. 이게 끝이 아니란걸.

"큰일이다!"

나안갈래용의 얼굴에 당황한 빛이 역력했다.

"조종간이 말을 듣지 않네!"

모든 계기판의 바늘은 미친 듯이 360도 회전을 하다가 좌우로 요동을 치는 등 제멋대로였다. 비행기 동체도 위아래로 덜컹거렸다. 비행 경력 15년의 노련한 조종사 나안갈래용은 불쌍해 보일 정도로 겁에 질려 있었다.

"역시, 그 소문이 거짓이 아니었어……."

나안갈래용은 눈물을 흘리기 시작했다. 인터넷까지 연결되는 무선 통신장비도, 인공위성항법장치도 모두 마비상태였다. 게다가 연료까지 새고 있었다.

"아까 그 광선이 연료통에 맞았나 봐. 으앙."

이젠 탈출하는 수밖에 없었다. 그런데 진짜 문제는 따로 있었다.

"미스터 노, 미안합니다. 철저히 점검했는데……."

비상용 상자를 뒤지던 나안갈래용은 파랗게 질린 얼굴로 노빈손에게 말했다.

'뭐야? 이보다 더 나쁜 소식이 또 있어?'

"낙하산이 하나밖에 없어요."

"허걱!"

항공기 사고
국제민간항공기구(ICAO)가 밝힌 1971년에서 1990년까지의 항공사고는 총 501건에 사망자는 14,817명, 연간 평균 사망자 수는 약 741명. 사고의 원인은 다양한데 번개나 새도 사고의 원인이 된다. 비행기의 속도가 빨라 새떼와 충돌하면 비행기 꼬리 날개가 부서지거나 새가 조종석 유리를 뚫고 들어오는 경우도 생긴다고 한다.

노빈손과 나안갈래용은 아무런 말도 못 하고 잠시 서로를 쳐다보기만 했다.

나안갈래용이 먼저 입을 열었다.

"미스터 노, 탈출하세요. 당신은 우리 회사의 고객입니다. 당신의 안전을 지켜야 하는 것이 나의 의무입니다. 나는 불시착을 해보겠습니다."

하지만 노빈손의 대답은 나안갈래용을 놀라게 했다.

"아저씨, 그 낙하산은 아저씨가 쓰세요."

"미스터 노, 지금 농담할 때가 아닙니다. 빨리 탈출하세요."

나안갈래용은 말은 이렇게 하면서도 어느새 얼굴에 미소가 번졌다. 노빈손은 왠지 살아남을 수 있을 거란 자신이 있었던 것이다. 물론 거기엔 이유가 있었다. 천하의 노빈손이 누구인가. 대형 항공기 사고에서 살아난 경력 2회, 태풍에서 살아난 경력 1회, 무인도 생존 100일, 무인도 단독 탈출 1회, 아마존 횡단, 버뮤다 전쟁 참가 등 세계 모험 역사상 전무후무하고 단군할아버지의 자손으로서 하등의 부끄러움이 없으며 역사책에 기록되어도 전혀 손색이 없을 만큼 눈부신 무용담을 자랑하는 희대의 모험가가 아니었던가.

노빈손은 가벼운 마음으로 나안갈래용에게 말했다.

"정말이에요, 아저씨. 늦기 전에 빨리 탈출하세요."

나안갈래용은 안도감과 미안함과 당혹감이 뒤섞인 기묘한 표정을 지었다.

"미스터 노, 왜 그러세요? 갑자기 머리가 잘못된 거 아닙니까?"

"하하하, 대형 점보기가 추락했을 때도 살아났습니다. 이런 경비행기 사고쯤이야, 코끼리 엉덩이 간지르기죠."

맨홀에 한 열흘은 빠져 있다가 119 구급대 아저씨라도 만난 것마냥 나안갈래용은 얼굴이 환하게 밝아진 채 낙하산 배낭을 집어들었다.

"미스터 노, 그래도 그렇지 이런 행동은 책임 있는 조종사가 할 행동이……."

나안갈래용은 뒷말을 흐리며 번개처럼 낙하산을 멨다. 그리고는 큰 소리로 외쳤다.

"오 미스터 노, 고마워요. 당신은 내 생명의 은인이에요. 아마 당신은

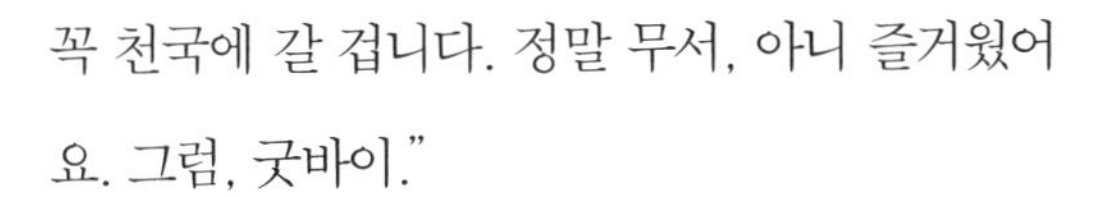

꼭 천국에 갈 겁니다. 정말 무서, 아니 즐거웠어요. 그럼, 굿바이."

나안갈래용은 뒤도 돌아보지 않고 바다를 향해 뛰어내렸다.

하지만 노빈손의 마음은 의외로 덤덤했다. 비행기의 연료는 점점 바닥을 보였고 바다를 향해 비행기는 곤두박질치고 있었다. 노빈손은 출발 전에 대충 들여다봤던 비행 교본의 내용을 떠올리며 조종간을 잡고 동체착륙을 시도했다. 그러면서 한순간도 의심치 않았다.

비행기 조종과 착시현상
가끔 전투기 조종사들이 비행기를 몰고 바다에 충돌하는 경우가 있다. 미친 조종사라고? 천만에. 엄청난 속도로 바다 위를 낮게 날며 멋지게 회전하다 보면 바다와 하늘의 색이 구별되지 않는다! 그래서 위로 올라간다고 조종간을 올리다가 바다로 처박히는 것이다. 이럴 땐 눈이 아니라 계기판을 믿어야 한다.

"비행기는 박살나도 노빈손은 살아남는다!"

하지만, 비행기 조종이 어디 쉬운 일인가? 비행기는 금세 물속으로 처박힐 것 같았다. 칠흑 같은 바닷물이 점점 다가오자 노빈손은 당황하여 조종석 앞의 단추들과 레버 등을 마구 누르고 당겨 보았다. 그러자 요행히도 내리꽂히던 비행기가 균형을 잡으며 위로 솟구치는 듯했다. 하지만 다시 떠오르기에는 너무 늦었던지 비행기는 결국 바닷물 위로 불시착하고 말았다. 착시현상이었다. 고도계를 볼 줄 모르는 노빈손은 수면이 한참 아래에 있는 줄로 알았던 것이다. 거대한 바닷물 속에 갑자기 휘말린 노빈손은 정신을 차릴 수 없었다.

"허푸허푸! 꼬르륵! 허푸허푸! 꼬르륵!"

'으윽, 너무 방심했어!'

여름이라지만 물은 차가웠다. 개헤엄도 못 치는 노빈손은 사방팔방에 물을 튀기며 거의 발악에 가깝게 발버둥을 쳤다.

그런데 좀 이상했다. 발버둥치는 와중에도 뭔가가 자꾸 잡아당기는 것 같은 느낌이 들었던 것이다.

"무, 물귀신인가 봐! 이거 놔! 이거 놓으라구! 흑흑! 이렇게 허무하게 죽을 순 없어. 이건 말도 안 돼!"

그러나 아무리 발버둥쳐도 소용이 없었다. 노빈손은 발버둥질을 멈춘 채 강한 끌림에 몸을 맡겼다. 어디론가 한참을 흘러가고 있던 노빈손의 눈앞에 뭔가 하얀 것이 보였다.

"저, 저건 여자잖아?"

언젠가 그림책에서 봤던 천사의 모습 같기도 했고 영화에서 봤던 요정 같기도 했다. 천사처럼 보이는 여인은 손에 환하게 빛나는 녹색 구슬을 들고 있었다. 물속에서 천사를 만나는 것도 희한한 일인데 거기다 날개가 아니라 녹색 구슬을 든 천사라니.

녹색 구슬에서 나온 빛은 계속 노빈손을 비추고 있었다.

"정말 아름답다……."

그는 천사를 향해 손을 내밀었다. 천사도 손을 내밀어 노빈손의 손을 잡았다. 놀랍도록 차가웠다. 순간 노빈손의 머릿속이 아득해졌다. 그리곤 정신을 잃고 말았다.

여기는 천국?

'여기는 어디지? 아 춥다. 도대체 내가 왜 이러고 있는 거지? 정말 천국에 온 건가? 천국이면 따뜻해야 하는데 혹시 지옥에 온 거 아냐? 왜 이렇게 추워?'

앞이 보이지 않을 정도로 눈보라가 몰아치고 있었다. 저 멀리서 누군가가 걸어오고 있는 게 보였다.

'이봐요, 살려 줘요!'

노빈손은 소리 높여 외쳤다. 그러나 아무 소리도 나오지 않았다. 목이 아플 정도로 힘을 주어 소리를 질렀지만 누가 목구멍을 꽉 틀어막

앵커는 무슨 뜻일까?
앵커(anchor)는 원래 영어로 닻을 의미. 즉 배를 바닥에 고정시키는 쇠갈고리를 말한다. 닻이 배의 위치를 지켜 주는 것에 비유해서 릴레이 경기의 마지막 주자도 앵커라고 한다. 앞서 달린 선수들의 기록을 실수 없이 책임지고 지켜 내야 하니까. 뉴스진행자도 취재한 자료를 활용해서 뉴스를 실수 없이 전달해야 하니까 앵커라고 부른다.

은 듯 소리는 입속을 맴돌기만 했다.

멀리서 걸어오던 사람이 어느새 눈앞에 있었다.

'헉, 이, 이 사람은……?'

하얀 털옷을 뒤집어쓴 거인이었다. 얼굴이 보이지 않는, 무섭도록 덩치가 큰 거인……. 분명히 대서양을 횡단하기 직전에 꿈에서 봤던 거인이었다. 거인이 갑자기 몽둥이처럼 생긴 것을 들어올렸다.

'윽, 뭐야. 설마 나, 나를 사냥하려고……!'

"오늘도 얼음을 달라고 요구하는 시위가 벌어졌습니다. 1년 전부터, 귀족층 인사들만 얼음을 독점하고 있다는 소문이 퍼지면서 일어난 시위는 단 하루도 빠짐없이 벌어지고 있습니다."

거인은 황당하게도 마치 뉴스 앵커처럼 몽둥이를 마이크 삼아 이상한 소리를 지껄여댔다.

'아니, 이 아저씨가 지금 뭐하는 거야?'

"노인층 사이에 번졌던 '감기' 라는 이상한 병이 유아와 어린이에게 번져 엄청난 사회 문제가 되고 있습니다. 200년 전 갑작스런 기온 상승 이후 나타난 이 '감기' 라는 병은 당시 노인 인구의 약 30퍼센트를 죽음으로 몰고 가 나라 전체를 공포의 도가니에 빠뜨린 적이 있습니다. 하지만 의사들은 치료 방법을 몰라 답답해하며 하데스 신께 기도나 하자고 말하여 환자들이 분통을 터뜨리고 있습니다."

'이 아저씨 정말 머리가 어떻게 됐나? 아니 요즘 감기 때문에 죽는 사람이 어디 있어?'

순간 거인이 몽둥이를 고쳐 잡았다. 그리고 노빈손을 향해 다가왔다.

'사, 살려 줘…… 요.'

그런데 거인은 예상과는 달리 몽둥이로 공포로 잔뜩 일그러진 노빈손의 얼굴을 콕콕 쑤셔대는 것이었다. 콕콕, 계속해서 찔러댔다. 노빈손은 당황하기도 하고, 황당하기도 하여 아무 말도 하지 못했다.

그때였다.

"어이 총각, 그만 일어나!"

총각이라니 이건 또 무슨 마른 하늘에서 행주 쥐어짜는 소린가? 거인은 아줌마 목소리로 말했다. 노빈손은 정신이 번쩍 들면서 눈을 떴다.

'어라, 내가 왜 누워 있지? 아……!'

누운 채로 바라보니 온통 얼음처럼 하얀 돌과 보석으로 꾸며진 기둥과 천장이 눈부신 빛을 받아 빛나고 있었다. 끝이 보이지 않을 정도로 높아 보이는 천장을 받치고 있는 기둥 사이에는 하늘하늘 부드러운 감촉의 얇고 은은한 커튼이 드리워져 있었다.

노빈손은 입가에 미소를 머금었다.

"역시… 천국일 것 같은 좋은 예감이 드는군."

몸을 일으켜 세우자 앞에 눈부시게 새하얀 아가씨가 보였다. 머리칼만 빼면 옷도 얼굴도 바라볼 수 없을 정도로 희었다.

'하하, 드디어 천사를 만나는구나. 그림에서나 보던 천사를 이렇게 만나다니…….'

노빈손은 천사의 손을 덥석 잡았다.

"천사 아가씨, 전 노빈손이라고 합니다. 반가워요. 전 이제 막 천국에 온 팔팔하고 신선한 신참입니다."

퍽!

순간, 눈앞에 불똥이 튀면서 노빈손은 한 5미터쯤 퉁겨져 나갔다.

"헉! 뭐, 뭐야?"

천사 앞에서 체면이 완전히 구겨지는 순간이었다.

'여기가 아무리 천국이라 해도 첫인상은 중요한 법인데, 도대체 누구야?'

간신히 정신을 수습한 노빈손은 주위를 휼휼 둘러보았다. 중앙에 놓인 커다란 침대에는 웬 아줌마가 누워 있었고 그 옆에 천사가 조금 화가 난 듯 상기된 얼굴로 노빈손을 째려보고 있었다. 그리고 또 한 사람, 그 옆에서 다정히 웃고 있는 아줌마가 있었다.

'아줌마 두 분, 아가씨 한 명. 대체 누가 때린 거야?'

그러고 보니 유난히 다정스럽게 웃고 있는 저 아줌마는 너무나 낯이

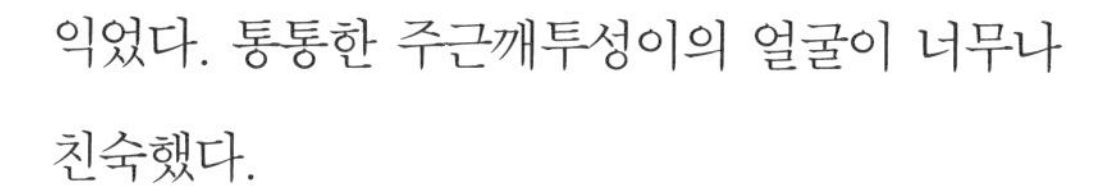

익었다. 통통한 주근깨투성이의 얼굴이 너무나 친숙했다.

'낯선 아줌마에게서 이토록 익숙한 느낌을 받다니…….'

노빈손이 잠시 어리둥절해 있는 사이, 천사 아가씨의 음성이 나직하게 울려 퍼졌다.

"조용히 해주십시오. 어머님께서 방금 잠드셨습니다."

노빈손의 머릿속이 멍해졌다. 너무나 차갑고 맑은 목소리에 귀가 얼얼할 정도였다. 게다가 천사의 눈빛은 거역할 수 없을 만큼 위엄 있고 차분했다. 노빈손은 자기도 모르게 조용히 허리를 굽히고 뒤로 천천히 물러섰다.

"총각, 자네는 방금 하데스 신전의 사제이신 아노님에게 달려들었기 때문에 얻어맞은 거야."

주근깨투성이 아줌마의 목소리였다. 친근한 듯, 어디선가 많이 본 듯, 하지만 왠지 도망가고 싶은 그런 느낌이 드는 아줌마…….

'헉, 마, 말숙이를 닮은 얼굴, 아니, 말숙이가 아줌마가 된다면 바로 저런 얼굴?'

노빈손은 천사 아가씨는 까맣게 잊어버리고 말숙이를 닮은 아줌마에게 조심스럽게 말을 던졌다.

닮은 얼굴
사람들은 자신과 닮은 사람을 더 믿는다고 한다. 캐나다의 리사 드브린느 박사는 사람들에게 여러 얼굴을 보여주면서 믿음이 가는 얼굴을 선택하라고 했더니 자신의 얼굴과 다른 사람의 얼굴을 합성한 사진의 인물을 골랐다고 한다. 이것은 진화 과정에서 생긴 무의식적인 습성이라고 한다.

웃을 때 배가 아픈 이유
심하게 웃거나 오랫동안 웃으면 배가 아픈 경우가 있다. 배꼽이 빠지도록, 또는 배를 움켜쥐고 데굴데굴 구르며 웃게 되는 이유는 무엇일까? 웃을 때는 재채기 할 때처럼 숨이 빠르게 내쉬어진다. 따라서 배에 힘이 많이 들어가게 되는데, 오래 웃게 되면 계속 배에 힘이 많이 들어가게 되어 경련이 일어나서 제대로 숨을 쉴 수 없게 되기 때문이다. 심한 경우에는 호흡이 곤란해져서 죽기까지 한다고 하니, 웃는 것은 좋지만 너무 지나치면 곤란!(이 책 읽는 분들이 조금 걱정된다)

"저기요, 아줌마. 호, 혹시 이, 이름이 어떻게 되시나요? 그, 그리고 처, 천국엔 어떻게 오셨나요? 하하, 그냥 궁금해서……."

말숙이를 닮은 아줌마는 얼굴이 벌개져선 콧김을 훅훅 내뿜으며 노빈손에게 저벅저벅 다가왔다.

"총각, 날 언제부터 알았다고 날더러 아줌마라고 하는 거야. 거 듣는 처녀 불쾌하네. 이렇게 날씬하고 예쁜 아줌마 봤어? 그리고 여기가 천국이라니… 누굴 처녀귀신으로 만들려고 그래? 여긴 아이스케키 공화국이라고."

흥분한 아줌마는 분이 안 풀렸는지 계속 씩씩거렸다.

"아이스케키요? 무슨 나라 이름이 아이스케키예요. 킥킥킥킥~. 아이스케키래, 아이스케키. 우하하하."

노빈손은 바닥을 데굴데굴 구르며 정신없이 웃어댔다. 초등학교 시절 여자애들 치마를 확 걷어 올리던 아이스케키 장난이 떠올랐던 것이다.

"조용히 해달라고 말씀드렸을 텐데요."

또다시 화가 난 듯한 천사의 목소리가 울려 퍼졌다. 주변이 온통 수

정처럼 맑아지는 느낌이었다.

"아노 사제님, 죄송합니다."

말숙이를 닮은 아줌마는 너무 공손하게, 자기보다 스무 살은 어려 보이는 천사, 아니 아노라는 소녀 앞에 머리를 조아렸다. 노빈손이 달려들어 악수를 하려고 했던 아노라는 아가씨, 아니 소녀는 뭔가 대단히 높은 지위에 있는 사람인 것 같았다.

노빈손의 귀에 또다시 천사 같은 아노의 목소리가 들려 왔다.

"저렇게 바보 같은 사람이 구원의 사자라니, 어머니가 잘못 데려오신 게 틀림없어요."

'내 얘기하는 건가? 설마 아니겠지. 내가 구원의 사자라니 말도 안 되지.'

노빈손은 어리둥절해하며 아노의 얼굴을 빤히 쳐다보았다.

"아노, 귀하신 손님에게 무례한 행동을 하는구나."

"어, 어머니."

아노의 어머니라는 분이 어느새 잠에서 깬 모양이었다. 뭔가 불만이 가득한 아노를 타이르듯 아노의 어머니는 말을 이어갔다.

"아노, 타임머신은 아무나 탈 수 없다. 너도 그 사실을 알고 있지 않니. 저분은 틀림없는 구원의 사자이시다. 쿨럭쿨럭."

노빈손은 그 말에 당황하고 말았다.

'진짜 내가 구원의 사자라는 거야? 혹시 이 사람들이 내가 아마존

정글에서 신탁을 푼 걸 어디서 주워 들었나? 그리고 타임머신은 또 무슨 소리지?'

"저기요, 질문 있는데요. 설마 지금 제 얘기하는 건 아니죠? 에유, 농담도 잘하셔!"

노빈손은 방실방실 웃으며 자신이 원하는 대답을 기다렸다.

"그만 물러가 주십시오. 어머님께서 힘들어하십니다."

아노의 차가운 목소리가 또다시 울려 퍼졌다.

허걱!

"죄송합니다, 아노 사제님. 저희들의 행동을 너그럽게 용서해 주십시오."

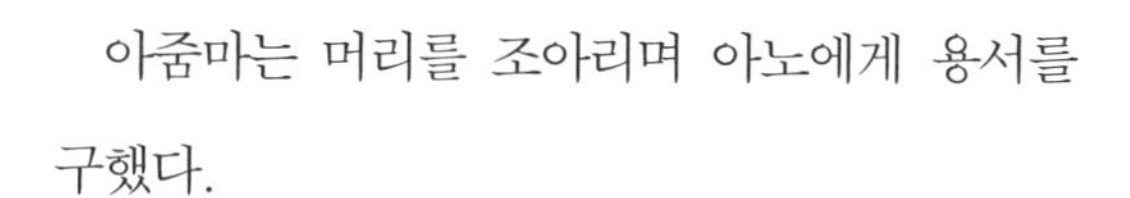

아줌마는 머리를 조아리며 아노에게 용서를 구했다.

"저기요, 대답을 해주셔야죠오! 농담이죠? 그쵸?"

노빈손의 애절한 눈빛을 외면한 채 아노는 아줌마에게 눈짓을 건넸다.

"노빈손님이 갑자기 1만 년이란 시간을 넘어와서 매우 놀라셨을 겁니다. 뭐가 뭔지 잘 파악이 되지 않으실 테니 잠시 시내를 돌아보며 말씀을 드리고 오겠습니다."

주근깨는 왜 생길까
주근깨는 유전적 요인에 의해 어려서부터 나타난다. 피부의 일부 세포가 자외선 자극에 의해 멜라닌 색소를 과다하게 만들기 때문에 다른 부분보다 색이 짙어 보인다. 동양인보다는 피부가 하얀 서양인에게 많이 나타난다. 최근에는 레이저로 주근깨가 생긴 피부세포층을 제거하는 박피술 등으로 치료하기도 한다.

주근깨투성이 아줌마는 말을 마치더니 노빈손의 손을 잡아끌었다.

"1만 년? 제가 시간을 넘어와요?"

'이 사람들 지금 내 앞에서 쇼 하는 거 아니야?'

노빈손은 너무나 당황스러웠다.

말숙이를 닮은 아줌마에게 거의 끌려가다시피 하며 계단을 내려가는 노빈손의 뒷모습을 바라보며 아노의 어머니는 들릴락 말락 한 작은 목소리로 중얼거렸다.

"노빈손님, 저는 보았습니다. 타임머신이 그토록 강렬하게 당신을 부르는 것을 말입니다."

아노와 그녀의 어머니가 있던 하데스 신전이란 곳은 눈보라가 몰아치는 산중턱에 있었다. 몰아치는 눈보라 속에 늠름하게 버티고 선 신전은 왠지 모르게 신비한 느낌을 주었다.

"총각, 아무래도 반가운 손님이 오신 걸 하늘도 환영하는 모양이야."

말숙이를 닮은 아줌마는 너무나 즐거워하며 호들갑스럽게 말했다.

"예, 뭐라고요? 반가운 손님이요?"

노빈손은 아직도 얼떨떨한 상태였다.

"한여름, 하데스 산에 눈이 내리는 건 정말 드문 일이거든. 그런데 총각이 도착한 뒤부터 눈이 내리지 않겠어? 이건 틀림없이 하데스 신께서 총각을 환영한다는 증거야."

아줌마의 호들갑은 계속되었다.

'뭐 한여름에 웬 눈?'

그러고 보니 온몸에 닭살이 쫘악 돋은 것이 소름이 쪽쪽 끼칠 만큼 추위가 느껴졌다. 원래 입고 있던 옷은 어디로 가고, 못 보던 긴팔 옷을 걸치고 있긴 했지만 노빈손의 다리는 사정없이 떨려 왔다.

눈이 모두 비로 내린다면?
수북이 쌓인 눈을 비로 치면 얼마나 될까? 눈이 30cm 내리면 비로는 2.5cm에 해당한다. 25mm의 비가 내린 셈이다. 그러니까 눈이 많이 와도 겨울이 여름보다 건조할 수밖에. 눈으로 내리는 수분도 물을 공급하는 데 중요한 역할을 하고 있어 겨울에 눈이 내리지 않으면 '겨울 가뭄'이 들기도 한다.

"눈 한번 멋지게 내린다. 너무 행복해."

뭐, 이렇게 추운데 행복하다고? 말숙이를 닮은 아줌마는 두 팔을 벌리고 꿈꾸는 듯한 표정으로 하늘을 바라봤다. 얇은 옷차림으로도 추운 기색을 보이지 않았다.

'원래 저렇게 생긴 사람들은 튼튼하고 힘이 센가?'

노빈손은 이제 본격적으로 자신의 궁금증을 풀어 보기로 마음먹었다.

"아줌마, 진짜로 여기가 어디예요? 전 천사에게 이끌려서 천국으로 온 줄 알았어요. 분명히 신비한 초록빛으로 둘러싸인 천사가 제 손을 잡는 순간, 정신을 잃었다구요."

"총각, 믿기지 않겠지만 이곳은 총각이 살던 시대로부터 정확히 1만 년 후의 세상이야."

1만 년? 정말 기가 차고 코가 막혔다. 노빈손은 덧셈을 해보았다.

"그러니까 이곳이, 아니 지금이 서기 1만 2003년이란 말인가요?"

"딩동댕! 총각, 정말 똑똑하네. 정답이야."

말숙이를 닮은 아줌마는 감탄스러워하며 대답했다.

"그리고 자네가 본 초록빛 속의 여인은 천사가 아니야. 바로 하데스 신전에 누워 있는 아노의 어머니야. 자네를 데려오느라 무리를 해서 쓰러지셨지."

"아니, 왜 몸을 망쳐 가면서까지 저를 데려와요?"

말숙이를 닮은 아줌마는 노빈손의 질문에 대답하지 않고 먼 하늘을 바라보며 비장하게 말을 이었다.

"총각, 우리 인류는 서기 4000년에 상상할 수 없는 재난을 당했어."

아줌마는 영문 모를 이야기를 꺼냈다.

"상상할 수 없는 재난이라니요?"

노빈손은 호기심 가득한 표정으로 되물었다.

"지구로 날아오는 거대한 소행성을 박살내려고 핵미사일을 200개나 쐈는데 대부분은 빗나가고, 명중시킨 것도 소행성의 궤도를 변화시키진 못했어……."

'소행성? 핵미사일? 아니 어떻게 그런 일이?'

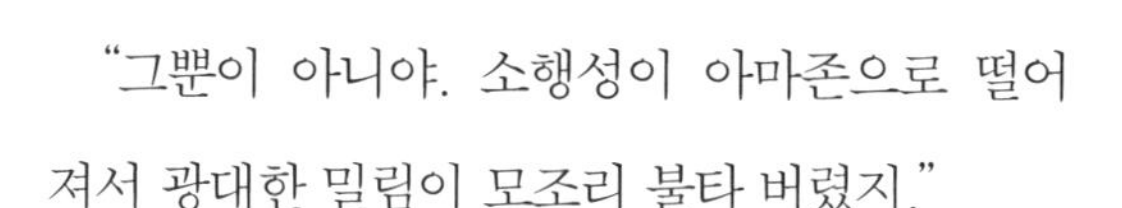

"그뿐이 아니야. 소행성이 아마존으로 떨어져서 광대한 밀림이 모조리 불타 버렸지."

이게 무슨 소리야? 그렇다면…….

"그렇다면 엄청난 핵겨울이 몰아닥쳤단 말인가요?"

노빈손의 눈이 휘둥그레졌다.

"총각, 보기보다 아는 게 많네. 핵겨울만이 아니었지… 기나긴 빙하기가 시작된 거였어. 일찍 발사했다면 충돌을 피할 수 있었을지 모르지만… 발사 시기를 놓쳐 버리고 말았던 거지."

그랬다. 세계 곳곳에서 히로시마 원자폭탄의 100만 배에 달하는 핵폭발이 일어나, 핵폭풍과 고열과 방사능을 내뿜는 낙진으로 수많은 인류가 목숨을 잃었다. 게다가 핵폭발과 소행성 폭발, 거대한 아마존 밀림의 화재로 생긴 짙은 구름이 대기권을 덮어 버렸다. 햇빛은 거의 들지 않았고 1년 내내 눈이 몰아쳤다. 운석과 핵폭발에도 살아남았던 사람들도 대부분 굶어죽었다.

"그런데 총각……."

갑자기 아줌마가 아주 느끼한 표정으로 노빈손의 눈을 쳐다보며 말했다. 노빈손은 왠지 모를 불안감을 느끼며 침을 꿀꺽 삼켰다.

"왜, 왜요?"

낙진이란?

낙진은 수소폭탄 실험을 하고 난 뒤 생긴 재로서, 죽음의 재, 방사진이라고도 한다. 1954년 3월 비키니 섬에서 미국이 수소폭탄 실험을 했을 때 일본의 어선이 방사성 낙진을 뒤집어쓴 이래 이같이 불리게 되었다.
핵무기의 피해는 단순한 파괴뿐 아니라 이후에 생기는 이런 부산물들로 인해 더욱 위험한데 한 보고에 따르면 냉전 시절 미국과 옛 소련 등에서 실시된 핵무기 실험으로 인해 생긴 낙진으로 미국에서 1만 5천 명이 암에 걸려 사망했을 수도 있다고 한다.

그 표정은 영락없이 말숙이가 노빈손에게 뭔가를 부탁할 때 짓는 다정한 표정이었다.

"멸망할 뻔했던 인류 앞에 구원의 사자가 나타난 거야. 총각처럼 멋진~!"

"으악~!"

아줌마는 갑자기 숨이 막힐 정도로 노빈손을 꽉 껴안더니 얼굴을 마구 비벼댔다. 마, 말숙이한테 맞는 것보다 더 무서웠다. 꿈이라면 악몽이요, 영화라면 엽기 호러 무비였다.

'신이여, 저를 구원하소서!'

"아노 이누이트라는 영웅이 인류를 희망의 길로 인도한 거야."

팔을 푼 아줌마는 무슨 일 있었냐는 듯 천연덕스럽게 말을 이어갔다.

"그분은 아노의 먼 조상이야. 어느 날 붉은 구슬을 들고 홀연히 나타나서는 살아남은 인류를 생명의 땅으로 인도했지."

아줌마는 거의 황홀경, 무아지경에 빠진 듯한 얼굴이었다.

"생명의 땅이라니요?"

노빈손은 당장 도망치고 싶었지만, 그놈의 호기심 때문에 꼼짝도 못하고 계속 얘기를 들었다.

"총가~악!"

"예, 예?!"

노빈손은 순간적으로 방어자세를 취하며 대답했다. 정말이지 다시

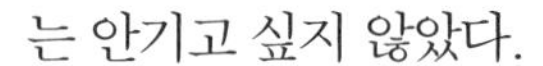

는 안기고 싶지 않았다.

"핵폭발과 소행성 충돌 후, 살아남은 사람들 사이에는 생명의 땅에 대한 전설이 나돌기 시작했어. 그곳은 푸른빛이 생명을 수호하는 낙원이라고들 말했지."

노빈손은 점점 구미가 당기기 시작했다.

"그, 그래서요?"

"하지만 다들 전설일 거라고만 생각했는데, 붉은 구슬을 든 아노 이누이트는 그곳이 어디인지 알고 있다고 말했지. 그를 만난 사람들은 모두들 희망에 불타올랐어."

소행성, 유성, 운석은 어떤 관계일까?
태양계에는 수성, 금성, 지구 같은 행성 말고도 작은 소행성들이 태양 둘레를 돌고 있다. 그 밖에도 훨씬 작은 바위 덩어리들이 떠돌고 있다. 별똥별이라고도 하는 유성은 바로 이 녀석들이 지구에 떨어지면서 대기와의 마찰로 빛을 내면서 타는 것이다. 타고 남은 찌꺼기를 운석이라고 한다.

아줌마는 이글이글 타오르는 눈빛으로 얘기를 계속 이어갔다.

세계 곳곳에서 짐승보다 못한 상태로 살아가던 수십만의 사람들이 아노 이누이트를 따라나섰다. 앉아서 비참하게 죽느니 낙원을 찾아 떠나겠다고…….

급기야 아줌마는 목이 메고 말았다.

"남자, 여자, 어린아이, 젊은이, 늙은이 모두들 10년의 세월 동안, 이누이트와 함께 생명의 땅을 찾아 헤맸지."

기어코 아줌마의 눈에 그렁그렁 눈물이 맺혔다.

"엉엉, 총가~악!"

눈물을 흘릴 때 왜 콧물도 날까?
눈물샘에서 분비되는 눈물은 각막을 마르지 않게 하고, 세균의 침입을 막는 역할도 한다. 그런데 분비된 눈물은 다 증발하는 것일까? 그렇지 않다. 가늘게 뚫린 관을 따라 코 안쪽의 비어 있는 공간으로 가고, 목구멍으로 넘어간다. 눈물이 날 때 콧물이 흐르는 것도 이 때문이다.

"으악~~~!!"

이런, 방심했다. 아줌마는 아까보다 열 배는 세게 노빈손을 끌어안으며 눈물 콧물로 범벅이 된 얼굴을 비벼댔다.

"그렇게 10년을 찾아 헤매던 어느 날이었어."

붉은 구슬이 동쪽 하늘을 향해 빛을 뿜었다. 그리고 그 빛을 향해 7일을 걸어가자 드디어 생명의 땅이 나타났다. 그들은 그곳에 인류 최후의 나라인 아이스케키 공화국을 세웠고 구원의 영웅인 이누이트의 가르침에 따라 이웃을 사랑하고 하데스 신을 모시며 살아갔다. 그후 인류는 6천 년 넘게 평화를 누렸다.

"그런데 지금으로부터 200년 전에 엄청난 재앙이 시작됐지."

감격에 떨던 아줌마의 얼굴이 갑자기 마네킹처럼 굳어 버렸다.

"1만 2003년으로부터 200년 전이면 1만 1803년이네요."

"어머 총각, 공부 잘했나 보네. 얼굴 하고는 딴판인데… 맞아, 서기 1만 1803년에 대재앙이 시작됐어."

도대체 무슨 대재앙일까? 점점 호기심이 커졌지만 노빈손은 방어자세를 늦추지 않았다.

"태양이 폭발하면서 겨울이 끝나 버린 거야."

"아니, 겨울이 끝났다면 좋은 거 아니에요?"

"총각, 아이스케키 사람들에겐 그렇지 않아."

아줌마의 말은 이랬다. 아이스케키에 모인 생존자들은 혹독한 겨울 날씨에 잘 적응을 한 사람들뿐이었다. 수천 년의 추위 속에서, 그리고 생명의 땅을 찾아 떠난 10년의 대장정에서 추위에 강한 사람들만 살아남았던 것이다. 그런데 태양이 폭발하자 강렬한 빛이 두꺼운 구름을 뚫고 쏟아졌다. 수천 년 동안, 인류가 알지 못했던 봄과 가을, 여름이라는 계절이 다시 돌아온 것이다.

소행성 충돌 이전의 지식을 이용한다면 이런 새로운 기후 변화에 쉽게 대응하고 오히려 과거의 문명을 회복할 수도 있었을 것이다. 하지만 아이스케키 사람들은 지난 문명의 지식을 알지도 못했고, 활용하는 방법은 더더욱 몰랐다.

문명이 파괴된 그날 이후, 그 누구도 과거의 기술을 보존할 생각을 하지 않았다. 당장 삶의 목표가 살아남는 것, 그 자체인 상황에서 문명은 사치였다. 또한 방송국 없는 TV는 장식품에 불과한, 말 그대로 바보상자였고 무선통신망 없는 휴대전화는 짧은 음악이 나오는 장난감에 불과했다. 사람들에게 필요한 지식은 오로지 추운 곳에서 살아남는 방법, 바로 그것뿐이었다.

지구 전체를 꽃피웠던 지식들은 버려진 채, 조금씩 사라져 갔다. 지금도 지구 어디선가 무너진 건물 아래에서, 혹은 숨겨진 동굴에서 서서히 사라지고 있을 터였다.

사람들은 더위에 쓰러지고, 음식은 상해 버렸다. 설사와 배탈, 감기 등 아이스케키 사람들에겐 너무나 낯선 질병들이 돌았다. 사람들은 추운 곳을 차지하기 위해 서로 다투기 시작했고 차갑고 신선한 음식을 두고 미친 듯이 싸웠다. 서로를 아끼고 사랑하던 아이스케키 공화국은 사라져 버렸다.

"휴우……."

노빈손은 한숨을 내쉬었다. 공상과학영화 속으로 뛰어든 것 같았다.

"아줌마, 여기는 어디예요?"

답답한 마음에 주위를 둘러보니 어느새 커다란 반원형 극장 같은 곳에 서 있었다. 이야기를 듣느라 시간 가는 줄 모르고 한참을 걸었던 것이다.

"여기는 야외극장이야. 예전엔 여기 모여 토론도 하고, 운동 경기도 즐겼지."

걸어온 쪽을 돌아보니 거대한 산이 보였다.

"총각, 놀랐지. 아까는 눈보라 때문에 보이지 않았는데 저게 바로 하데스 산이야."

하얀 눈이 덮인 하데스 산은 산꼭대기 모양으로 봐서는 화산인 듯 보였다. 사시사철 눈에 덮여 있다는 킬리만자로 산처럼 느껴졌다.

"총가~악!"

"예~?"

부패와 발효는 쌍둥이
부패와 발효는 둘 다 미생물들이 탄수화물이나 단백질 같은 영양분을 분해하는 현상이다. 미생물들이 밥을 먹고, 새끼도 낳아 숫자가 늘어나고 있는 현상인 셈이다. 이중에서 우리에게 해로운 물질이 만들어지면 부패라고 하고, 이로운 물질이 만들어지면 발효라고 한다. 김치, 요구르트 등이 바로 유산균에 의한 발효를 이용한 음식들.

느끼하게 부르는 목소리에 노빈손은 순간 방어자세를 취했다. 아줌마는 너무나 다정하게 미소지으며 손을 내밀었다.

'악수를 하자는 건가?'

노빈손은 불안했다.

'저렇게 해서 내 손을 잡은 다음 확 끌어당겨서……. 오우 노~!'

"정식으로 소개하지. 난 아이스케키 공화국의 국회의원, 넘발키네라고 해."

"예, 넘발키네요?"

넘발키네? 노빈손은 피식 하고 웃음이 나오는 걸 간신히 참았다.

'아줌마에게 아주 딱 맞는 이름이군!'

"총각, 난 총각이 마음에 들어. 총각이라면 우리 아이스케키 공화국, 아니 인류를 구할 수 있을 것 같아."

넘발키네는 노빈손의 표정에는 아랑곳없이 진지하게 말을 이었다.

"총각, 아직 실감이 안 나지?"

사실 그랬다. 자기가 왜 여길 왔는지는 둘째 치고서라도, 자기가 1만 년이란 시간을 넘어왔다는 게 믿어지지 않았다.

"시내 구경을 해볼까? 아마 총각이 어떤 곳에 있는지 실감이 좀 날 거야."

미래에서 온 편지 1

서기 4000년, 지구 문명 최후의 날

소행성의 지구 충돌

서기 4000년 어느 날 새벽, 시뻘건 불덩어리가 서울 하늘을 지나갔다. 밤을 꼬박 새운 사람들이 숨을 죽이고 불덩어리를 지켜보고 있었다.

그것은 거대한 소행성이었다.

지난 몇 년 간 인류는 역사 이래 처음으로 한마음 한뜻이 되었었다. 모든 아이디어를 총동원해 소행성의 지구 충돌을 막아 보려 했던 것이다. 미사일을 쏘아 소행성의 궤도를 바꿔 보려 했고, 수소폭탄으로 폭파시키려 했지만 인류가 가진 미사일 발사 기술과 수소폭탄의 폭발력으로는 어쩔 도리가 없었다. 발사한 미사일의 대부분이 빗나갔고, 일부가 명중했지만 소행성의 궤도는 별로 달라지지 않았다.

한 달 전 각국의 대표들이 모두 함께 위성방송에 나와 침통한 표정으로 소행성의 충돌을 막을 수 없다는 마지막 발표를 했다. 그후 지구의 문명은 걷잡을 수 없는 혼란에 빠져 들었다.

소행성이 지구 대기를 통과하며 만들어낸 커다란 굉음은 하늘을 둘로 찢어 버리는 듯했고, 제트기의 소음 정도만 들어 본 인류를 공포에 질리게 했다. 결국 소행성은 두 조각으로 갈라져 큰 조각은 아마존 밀림의 한가운데, 작은 조각은 미국 동부에 충돌했다.

연이은 대폭발

충돌하는 순간에 생긴 불기둥은 지금껏 보지 못했던 거대한 핵폭발의 버섯구름과 같았다. 다만 차이가 있다면 방사선을 내뿜지 않는다는 것뿐. 그 폭발의 위력은 그 어떤 핵폭발보다도 강력해서, 발생한 열로 인해 충돌 지역의 땅이 녹아 내릴 정도였다.

또한 이어지는 화재로 인해 21세기 이후 전세계적 보호조약으로 지켜온 아마존의 밀림도 바싹 마른 장작이 되고 말았다. 세계 최고라는 미국의 소방 시스템도 전혀 힘을 발휘할 수 없었다.

충돌로 인한 충격은 지구 전체의 지진계에 감지될 정도로 강했고, 조심스런 균형을 이루고 있던 지진대와 화산대는 자극을 받아 연이은 지진과 화산폭발을 만들어냈다.

화산이 폭발한 지역에서는 땅이 무너지는 듯한 진동에 이어 불덩어리같이 뜨거운 돌멩이가 비오듯 쏟아졌다. 하늘은 시커먼 구름과 먼지로 가득 찼고, 시간은 낮이었지만 주위는 온통 깜깜했다.

밤마다 거리를 환하게 밝히던 가로등도 이날만은 눈을 감은 채 인류가 겪는 끔찍한 상황을 애써 외면하고 있었다. 멀리 떨어진 곳에서 폭발이 일어나는지 굉음이 들리고, 불길이 치솟았지만 어둠을 몰아내지는 못했다.

핵겨울의 시작

인류의 비극은 여기에서 그치지 않았다. 소행성 충돌에서는 그래도 방사능이 나오지 않는다고 안심하던 인류를 조롱하듯 핵미사일과 핵발전소에 문제가 생기기 시작했다. 처음엔 안전 100%를 자랑하던 컴퓨터 제어 시스템도 엉망이 되고 말았다. 소행성이 충돌한 지역에 있던 미국의 핵미사일이 그 자리에서 폭발하고, 핵발전소는 두꺼운 외벽이 녹아 내려 방사능이 유출되기 시작했다.

하지만, 이것은 핵에너지와 컴퓨터 시스템에 의존하던 인류에게 내려진 재앙의 시작에 불과했다. 미국측 핵미사일의 폭발을 중국과 러시아의 방어 시스템이 자기 나라를 향해 발사된 것으로 잘못 인식한 것이다.

중국과 러시아에서는 미사일의 발사를 막으려 했지만 소행성 충돌과 지진의 영향으로 네트워크에 문제가 생긴 컴퓨터 시스템 전체를 통제할 수는 없었다. 게다가 전세계의 바다에 흩어져 있던 각국의 핵잠수함들이 소행성 충돌과 해저 화산이 뿜어져 나옴으로 인해 폭발하는가 하면, 시스템

오류로 핵미사일이 저절로 발사되는 일이 벌어졌다.

많은 국가의 주요 도시들과 군수시설들이 계속해서 파괴되면서 인류를 궁지로 몰아넣었다.

그래도 인류는 살아남았다. 하지만, 얼마 남지 않은 인류를 기다리고 있는 것은 혹독한 추위와 식량 부족이었다.

소행성의 충돌과 핵폭발, 화산폭발에 의해 생긴 1백억 톤도 넘는 먼지와 가스가 지구 전체를 덮는 막을 만들었다. 그러자 태양빛을 받기 힘들어진 지구는 순식간에 기온이 내려갔다. 햇빛은 반사되고, 지상에서 태양을 보기 거의 힘들어졌다. 화산폭발로 나온 황 성분은 강한 산성비를, 핵폭발에 의한 먼지는 죽음의 재를 지상에 뿌려댔다.

살아남은 사람들과 동물들은 동굴 속으로, 땅굴 속으로 몸을 피했지만 식물은 더 이상 광합성을 하기 힘들어졌다. 식물이 줄어든 생태계는 식물을 먹고 사는 초식동물이 죽어 갔고, 그러자 초식동물을 먹는 육식동물도 사라져 갔다. 결국 사람까지 식량이 부족해서 죽어 갔다.

한 달은 어떻게 정해진 거지?
1년은 지구가 태양 둘레를 도는 데 걸리는 시간, 한 달은 달이 지구 둘레를 도는 데 걸리는 시간이다. 1년 동안에 달이 지구 둘레를 약 12번 정도 돌고 있어 1년은 12달이다. 그런데 왜 일주일은 7일일까? 태양계의 행성 중 눈으로 볼 수 있는 화성, 수성, 목성, 금성, 토성에다가 태양(일, 日)과 달(월, 月)을 더해 7일이 되었다. 만약에 천왕성이나 해왕성이 그냥 눈으로 볼 수 있을 만큼 밝았다면 1주일은 8일이나 9일이었을 것이다. 얼마나 다행인지.

반원형 극장에서 시내로 가는 길가엔 온통 냉장고 속처럼 차가운 느낌이 나는 조명이 줄줄이 늘어서 있었다. 길 저편에서 한 무리의 사람들이 걸어오고 있었다. 숫자가 제법 많아 보였는데 한결같이 히죽거리며 웃고 있었다.

"넘발키네 아줌마, 저 사람들은 왜 저렇게들 실실 웃고 그런대요?"

"이번 달에 운동하고 휴게소에서 쉴 권리를 할당받은 사람들이지."

이건 또 무슨 소리야?

"운동하고 휴게소에서 쉬는 게 무슨 권리예요?"

"총각, 아이스케키 사람들은 사는 게 너무 힘들어. 더운 곳에서 버티는 게 힘들단 말이야."

아니 아줌마가 갑자기 신세한탄을 하네?

"총각도 봐서 알겠지만, 하데스 산은 이 나라에서 제일 시원하고 살기 좋은 곳이지. 저 사람들은 바로 하데스 산에서 운동을 하고 차가운 죽과 싱싱한 냉동음식을 배급받아 즐거워서 그러는 거야."

"겨우 한 달에 한 번이요? 그러면 남은 시간 동안엔 어떻게 버텨요?"

넘발키네는 아무 대답도 하지 않고 묵묵히 걷기만 했다. 그 표정이 하도 심각하여 노빈손은 뭐라고 말도 붙이지 못한 채 조용히 따라 걸었다.

'말숙이랑 어쩜 저리도 닮았을까?'

한참을 걸으니 이번엔 높고 두꺼운 하얀 벽들이 죽 늘어선 곳이 나왔다. 마치 금산에서 봤던 인삼밭 같았다.

"넘발키네 아줌마, 여긴 어디예요?"

"이곳은 집들이 모여 있는 동네야."

아이스케키 공화국은 정말 모든 게 희한하기만 했다.

"총각 눈에는 이상해 보이겠지만 다 이유가 있어. 줄줄이 늘어선 벽들은 햇볕을 막기 위한 일종의 양산이지. 사람들은 낮이면 이 벽 밑에 있는 집에 틀어박혀 절대 밖으로 나오지 않아. 이곳에선 남향으로 집을 짓는 것만큼 바보스런 짓도 없다구."

"아이스케키에선 햇볕이 들지 않아야 명당이로군요."

노빈손은 넘발키네와 함께 한참을 걸어 시내로 들어갔다. 하마터면 눈이 멀 뻔했다. 어찌나 거리가 휘황찬란한지…….

"너, 넘발키네 아줌마, 이건 도대체……?"

노빈손은 정말 당혹스러웠다. 먹을 것이 없어 한 달에 한 번씩 음식을 배급받는다는 나라가 어찌된 노릇인지 거리 풍경은 미국의 라스베이거스 빰칠 정도로 화려했기 때문이다. 하늘로 쭉쭉 뻗은 온갖 조명

입는 컴퓨터
컴퓨터를 옷처럼 입을 날이 곧 온다. 개발자는 미국 조지아 공과대학의 컴퓨터 공학과 새드 스타너 교수. 이 컴퓨터는 안경에 연결된 소형 광학 모니터와 손에 연결된 휴대전화 형태의 키보드, 그리고 일반 컴퓨터 무게의 4분의 1 정도인 하드가 들어 있는 검정색 가방으로 구성돼 있다.
또한 '노매드'라는 머리에 쓰는 컴퓨터도 나왔다. 이 컴퓨터를 머리에 착용하면 외과의사들이 컴퓨터를 통해 눈앞에 바로 나타나는 부위를 보면서 수술을 할 수 있다.

등에, 갖가지 기기묘묘한 문구가 번쩍거리는 네온사인은 기본이었다.

"아, 아줌마, 저 여자는 뭘 입은 거예요?"

노빈손이 가리킨 여자의 옷은 너무나 환상적이었다. 얼굴은 그대로인데, 어깨부터는 온통 눈보라가 몰아치는 동영상이 보였던 것이다.

"음 저건 요즘 젊은이들 사이에 유행하는 최신 눈보라 패션이야. 아주 신기한 옷감으로 만들었다고 하더군."

그러고 보니 애인의 동영상이 비치는 옷, 음식을 먹는 동영상이 펼쳐지는 옷, 얼음 바다에서 수영하는 동영상이 비치는 옷 등등 정말 다채로웠다.

"진짜 신기한 옷감이네요! 저걸 도대체 어떻게 만들었어요?"

"총각, 총각은 다 좋은데, 너무 많은 걸 알려고 하는군. 묻지 마, 다쳐!"

노빈손은 잠시 멍해졌다. 아이스케키의 모습은 정말 충격, 그 자체였다.

"어, 자기야?"

옆에서 웬 남자가 큰 소리로 혼잣말을 했다.

"어, 나 오늘 하데스 산에 갔다가 지금 오는 길이야. 그러~엄, 자기

뭇까지 다 먹고 왔지."

'이 사람은 또 뭐야?'

"총각, 귓속에다 전화기를 심어놓은 사람이야."

노빈손이 어리둥절해하며 남자를 멍청하게 쳐다보자 넘발키네가 노빈손의 귀에 대고 낮게 속삭였다.

"귀, 귓속에다 전화기를 심어요?"

노빈손은 서울 구경을 온 시골 쥐가 된 기분이었다. 정말 얼떨떨했다. 온통 차가운 느낌이 도는 거리를 정신없이 두리번거렸다.

꼬르륵~.

뜬금없이 노빈손의 배에서 천둥소리가 울려 퍼졌다. 그러고 보니 이곳에 와서 뭘 먹은 기억이 없었다.

"넘발키네 아줌마, 저 너무 배가 고프거든요. 뭘 좀 먹으면 안 될까요?"

노빈손은 볼이 발그레해져선 온갖 애교스런 표정을 지으며 물었다.

"배가 고프다고? 듣던 중 반가운 소리네. 총각, 난 총각의 그런 점이 마음에 들어. 새로 생긴 최신형 식당으로 데려가 주지."

'최신형 식당?'

하여간 넘발키네가 하는 말은 하나하나가 낯설었다.

'식당이 무슨 컴퓨터라도 되나?'

"자, 총각 다 왔어."

아무리 둘러봐도 식당처럼 보이는 곳은 찾을 수 없었다.

"넘발키네 아줌마, 식당이 어디 있어요? 킁킁."

맛있는 음식 냄새는 어디서도 나지 않고 좀 기묘한, 퀴퀴하고 기분 나쁜 냄새가 갑자기 노빈손의 코를 간지럽혔다.

"넘발키네 아줌마……, 무슨 냄새 안 나요?"

두 손으로 잔뜩 코를 막고 있는 노빈손과는 달리 넘발키네는 아무렇지도 않은 모양이었다.

'이 퀴퀴한 냄새를 용케도 잘 견디네.'

"여기가 바로 2주 전에 개장한 최신형 식당이야. 한 번에 2천 명이 식사를 할 수 있지. 메뉴도 아마 총각이 먹고 싶은 것은 다 있을 거야. 더 좋은 건 공짜라는 거지. 일을 할 필요도 없어."

노빈손은 넘발키네를 째려봤다.

"넘발키네 아줌마, 아까는 한 달에 한 번만 좋은 음식을 먹는다면서요? 그러면 도대체 여기 공짜 식당은 뭐예요?"

넘발키네는 묵묵부답이었다.

'쳇, 도대체 어떤 말을 믿으란 거야?'

아무래도 여기가 서기 1만 년 후의 미래라는 얘기는 거짓말인 것 같았다. 아마도 이곳은 버뮤다 삼각지대처럼 어딘가 숨어 있는 신비의 왕국인 것 같았다.

어쨌건 배가 고프니 일단 메뉴판부터 구경해 보기로 했다.

"우와~!"

노빈손의 두 눈이 휘둥그레졌다.

"어, 엄청나다."

앞에 펼쳐진 메뉴판은 정말 환상 그 자체였다. 방금 요리한 듯한 맛있는 음식들이 금방이라도 튀어나올 것 같았다. 물론 아이스케키 사람들이 좋아할 만한 꽁꽁 언 음식들이 대부분이라서 안타깝긴 했지만 그중에는 노빈손의 구미를 당길 만한 음식도 제법 있었다. 얼음을 뒤집어쓴 참치 회처럼 생긴 음식과 아이스크림 정도라면 먹어 볼 만할 것 같았다. 찬 것만 먹어서 배탈이 나지나 않을까 걱정이 되기도 했지만, 그런 걸 따지기엔 배가 너무 고팠다.

"자, 이 장갑하고 헬멧을 쓰도록 해."

"예?"

넘발키네는 다시 한 번 노빈손을 당황스럽게 만들었다.

"아니 무슨 밥을 먹는데 이런 걸 쓰라고 해요. 소화 안 되게……."

그녀가 건넨 장갑과 헬멧은 폭주족들이 폼 잡으며 오토바이 탈 때나 어울릴 것 같은 것들이었다.

아이스크림은 언제 제일 잘 팔릴까?

흔히 아이스크림을 서양 음식으로 알고 있지만 고대 중국인들이 기원전 3000년경부터 눈 또는 얼음에 꿀과 과일즙을 섞어 먹었다는 이야기가 있다. 서양에서는 기원전 4세기경 알렉산더 대왕이 눈에 꿀과 과일, 그리고 우유를 섞어 먹었다는 것.

아이스크림은 기온이 25~30도일 때 가장 많이 팔린다. 30도를 넘어서면 아이스크림보다는 얼음이 많이 섞인 빙과류를 더 찾기 때문이다.

"총가~악!"

으, 느끼한 목소리! 노빈손은 방어자세를 취했다.

"다 좋은데, 따져 묻지 좀 마. 맛있게 먹으라고 주는 거니까 그냥 써!"

누가 그랬던가 로마에 가면 로마법을 따르라고.

'하긴, 21세기도 아니고 서기 121세기니까 음식 먹는 법도 이 정도는 되어야겠지.'

노빈손은 넘발키네의 설명에 따라 특수 헬멧을 쓰고 특수 장갑을 꼈다. 그런데 너무나 신기하게도 전혀 착용감이 느껴지지 않았다. 쓴 거나 안 쓴 거나 마찬가지였다.

"와, 이 헬멧 정말 가벼운데요. 정말 대단해요!"

탄성이 절로 나왔다.

"총각, 자 그럼 식사 프로그램을 띄울 테니 재미있게 즐겨 봐."

'식사 프로그램? 식사가 무슨 게임인가?'

"아차, 총각 깜빡했어."

"배고파 죽겠어요, 빨리 말해요."

넘발키네가 뭔가 거무죽죽한 액체가 담긴 길쭉한 병을 내밀었다.

"아줌마, 이게 뭐, 우웩~~!"

아까부터 노빈손의 코를 괴롭히던 그 냄새였다. 정말 진하고 강렬했다. 시궁창에서 쓰레기 썩는 바로 그 냄새.

"아줌마, 빨리 치워요! 더럽게 이런 걸……!"

노빈손은 코를 붙잡고 헛구역질을 하며 고개를 돌렸다.

"총각, 이걸 꼭 마셔야 해."

"마셔요? 이 구역질나는 시궁창 국물을요?"

"총각, 이건 우리 아이스케키 사람들이 먹는 보양식이야. 음식의 맛을 돋우어 주고 몸에도 좋으니까 먹어 봐."

'이런, 좋은 약이 입에는 쓰다지만 이건 너무한데…….'

"정말이야. 이걸 먹어야 식사를 제대로 할 수 있다니깐."

넘발키네는 잔뜩 인상을 쓰고 얼굴을 돌리는 노빈손의 입 앞으로 병을 자꾸만 들이밀었다.

로보캅을 만드는 특수 헬멧
최근에 미국 특수부대원들에게 지급되는 '랜드 워리어' 패키지는 그야말로 로보캅을 만드는 장비이다. 이 시스템의 핵심은 '헬멧 바이저'라는 특수한 헬멧. 밤에도 적외선을 이용해서 사물을 식별하게 해줄 뿐만 아니라 아군은 푸른색, 적군은 붉은색으로 보여주기 때문에 적군을 정확하게 식별할 수 있게 한다. 또한 인공위성과도 연결되어 있는 시스템을 통해서 작은 목소리로도 멀리 떨어진 부대원과 통신을 할 수 있고, 손목에 있는 키보드를 통해서 다른 대원들의 헬멧 바이저에 문자 메시지도 띄울 수 있다.

'하는 수 없지.'

노빈손은 두 눈 딱 감고 시궁창 국물을 꿀꺽꿀꺽 삼켰다.

'우웩, 정말 걸죽하군!'

노빈손의 얼굴에 365개의 주름이 자글자글 잡히며 얼굴색이 방금 시궁창에 들어갔다 나온 사람처럼 흙빛으로 검게 변했다.

"넘발키네 아줌마, 속이 니글거려요. 토할 것 같단 말이에요."

'세상에 어떻게 이런 걸 보양식이라고 먹을 수 있지? 희한한 사람들

이야, 정말.'

노빈손이 투덜거리는 틈에 종업원이 나타났다.

"손님, 무엇을 드시겠습니까?"

노빈손은 빨리 맛있는 것을 먹어서 속을 달래고 싶었다. 공짜니까 아까 봤던 음식 중에 제일 화려해 보이는 걸로 골랐다. 메뉴 이름이 정말 걸작이었다.

"세상에서 제~일 썰렁~한 아침으로 주세요."

주문을 하고 5초나 되었을까, 놀라운 일이 벌어졌다. 눈앞에 진수성찬이 펼쳐진 것이다.

"지, 진짜 빠르네요……."

정말 순식간에 일어난 일이었다. 역시 121세기는 달라도 뭔가 다른 것 같았다. 한국 사람들도 성질이 급하지만, 아이스케키 사람들도 만만치 않은 모양이었다.

"맛있다!"

무심코 집어든 음식의 맛은 장난이 아니었다.

'와, 살다 살다 이런 구경도 다 하는구나! 말숙아, 미안하다. 나 혼자만 이렇게 맛있는 걸 먹게 되다니. 네 몫까지 다 먹을 테니 다이어트나 열심히 해라!'

정말 이제껏 먹어 보지 못한 최고의 맛이었다. 신기한 게 너무 배가 고파서 아주 급하게 꿀꺽꿀꺽 삼켰지만 목에 걸린다는 느낌도 없이 잘

중국의 황제 요리 '만한전석'
청나라 시대 황제만이 즐길 수 있었던 가장 큰 요리는 '만한전석'이다. 이것은 한 가지 요리를 가리키는 말이 아니라 말 그대로 만주족의 요리와 한족의 요리를 몽땅 모아 올리는 연회를 뜻한다. 상어지느러미, 곰발바닥, 낙타 등고기, 원숭이 골 등 중국 각지에서 준비한 희귀한 재료를 이용하여 100여 종 이상의 요리를 준비해서 이틀에 걸쳐 먹었다고 한다.

넘어갔다. 아마도 입에 닿자마자 사르르 녹는 모양이었다.

"너, 넘발키네 아줌마, 끝내줘요. 지, 진짜로 끝내줘요."

더 신기한 것은 노빈손이 뭔가 이런 거 없나 하고 생각만 하면 친절한 종업원이 바로 그 음식을 갖고 온다는 것이었다.

'야, 이 정도 음식점이면 정말 대박 터뜨리겠는걸.'

노빈손은 욕심이 났다. 공짜라니 중국의 황제가 먹었다는 황제 요리도 먹어 보고 싶었던 것이다.

"헉~!"

아니나 다를까? 노빈손이 생각을 하고 입을 떼기도 전에 수십 명은 돼 보이는 종업원들이 먹음직스러운 요리가 가득 담긴 접시들을 들고 대령했다. 노빈손은 거의 두 시간 동안을 황제처럼 즐겁게 식사를 했다. 정말 천국이 따로 없었다. 넘발키네의 묘한 미소가 걸리긴 했지만.

"넘발키네 아줌마, 태어나서 이렇게 멋지고 환상적인 식당은 처음이에요. 근데 남은 음식들은 금세 다 치워 버렸나 봐요? 싸가면 안 되나?"

"안 싸줘."

"말도 안 돼요. 내가 얼마나 많이 남겼는데……."

사실 노빈손은 황제 요리를 밤참으로 먹을 생각에 한껏 들떠 있었던 것이다.

"에이 아줌마, 종업원한테 좀 싸달라고 말해 봐요."

넘발키네가 당황스런 표정으로 대답했다.

"총각, 한꺼번에 너무 많은 걸 바라면 안 돼. 왜 음식을 안 싸주는지는 나중에 다 알게 돼."

노빈손의 비밀 노트 1

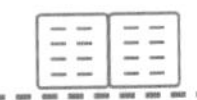

넘발키네의 아이스케키식 다이어트

오늘 넘발키네 아줌마와 이야기를 나누다가 정말 굉장한 걸 알아냈다. 얼음으로 살을 빼는 아이스케키식 다이어트.

와우! 다이어트하느라 스트레스 받아서 하루하루 심술만 늘어 가는 말숙이에게 알려준다면…….

역시 난 훌륭한 남자친구다! 나의 이런 갸륵한 마음을 말숙인 알까?

넘발키네와의 대화를 정리하면 다음과 같다.

: 넘발키네 아줌마, 맨날 시궁창 죽만 먹는데 아이스케키엔 왜 이렇게 뚱보가 많아요? 아줌마도 보통이 아니잖아요?

: 그건 총각이 몰라서 그래. 보기엔 안 그래도 시궁창 죽은 영양덩어리야. 그리고 추위를 이겨내기 위해 사람들의 체질이 변했거든. 몸에 지방이 많아졌지.

: 그래도 아줌마는 좀 빼야겠는데요.

: 처녀한테 못 하는 소리가 없네. 하긴 얼음 다이어트만 계속 했어도, 총각한테 이런 소리는 안 들었을 텐데…….

: 얼음 다이어트요? 그런 게 다 있어요?

: 그래. 내가 젊었을 때 유행시킨 다이어트법이지.

: 뭔데요, 말숙이한테 정말 필요하거든요.

이제부터 좀 골치 아픈 숫자들이 나와서 말숙이가 이해할 수 있을지 걱정이다.

얼음 다이어트의 효과

: 총각이 이해할 수 있을까 몰라. 만약에 영하 10도로 얼린 얼음을 1kg 먹으면, 우리 몸의 열로 일단 얼음을 녹이고, 그 녹은 물을 체온인 37도까지 데우는 데 122kcal의 열량이 필요해. 그걸 이용해 다이어트를 하는 거지.

: 그렇게 말하면 내가 어떻게 알아들어요. 좀 자세히 설명해 주세요.

: 먼저, 우리가 알고 있어야 할 공식이 두 가지 있는데, 첫째는 열량을 구하는 공식이지.

열량의 크기 = 물질의 비열 × 물질의 질량 × 온도 변화

여기서 '비열'은 '어떤 물질 1kg의 온도를 1도 높이는 데 필요한 열량'을 말하지. 물의 비열은 1, 얼음의 비열은 0.5인 건 알고 있겠지? 물의 비열이 1이라는 건, 물 1kg의 온도를 1도 높이는 데 1kcal의 열량이 필요하다는 걸 뜻하지. 얼음 1kg의 온도를 1도 높이는 데는 물의 반인 0.5kcal면 충분하고.

둘째는 얼음이 녹는 데 필요한 열량의 크기.

얼음이 녹을 때는 0도가 그대로 유지되기 때문에 온도의 변화는 없지만, 고체인 얼음에서 액체인 물이 되기 위해 열량이 필요해. 이걸 '융해열' 이라고 하지. 물의 경우는 1kg당 80kcal인데 물질마다 값이 틀려. '융해' 는 고체가 녹아서 액체가 된다, 즉 녹는다는 걸 어렵게 쓰는 말이구.

: 그 정도는 나도 알아요. 물이 부글부글 끓어서 수증기가 되는 것처럼 액체가 기체가 되는 것은 '기화' 라고 하고, 이때 필요한 열량은 '기화열' 이라고 하잖아요. 물의 기화열은 1kg당 540kcal이구요.

: 대단하네, 그런 걸 다 알고. 그럼 이제 자세하게 계산해 볼까?

1단계는 영하 10도의 얼음이 0도가 되기까지, 그러니까 온도가 10도만큼 올라가는 데 필요한 열량.

열량의 크기 = 0.5(얼음 비열) × 1(얼음 질량은 1kg) × 10(온도 변화) = 5(단위는 kcal 또는 Cal)

2단계는 0도를 유지하면서 얼음이 녹아 물이 되는 데 필요한 융해열.

열량의 크기 = 80(1kg당 융해열) × 1(얼음의 질량) = 80(단위는 kcal 또는 Cal)

3단계는, 0도의 물이 체온인 37도만큼 데워지는 데 필요한 열량.

열량의 크기 = 1(물의 비열) × 1(물의 질량은 1kg) × 37(온도 변화) = 37(단위는 kcal 또는 Cal)

각 단계에 필요한 열량을 모두 더하면, 5 + 80 + 37 = 122kcal 이잖아.

1kg에 122kcal이니까 하루에 얼음을 3kg 먹으면, 이 얼음을 녹여서 데우는 데 366kcal의 열량이 필요하다는 말이지.

 : 그렇게나 많이요?

 : 그 정도면, 어른이 격렬한 운동을 한 시간 동안 쉬지 않고 해야 소비할 수 있는 열량이고, 가벼운 운동이라면 두 시간은 쉬지 않고 해야 되지.

말숙이처럼 무거운 사람은 달리기를 30분만 해도 그 정도 소비하겠다. 우하하하!

참, 주의사항이 있었다. 말숙이가 명심해야 할 텐데…….

1. 위험하니 애들은 따라하지 말 것.
2. 추위에 익숙한 아이스케키 공화국 주민 외의 사람은 강한 부작용이 있을 수 있음. 절대 안전 보장 안 함.
3. 실제로 효과가 있을지는 다른 다이어트 법처럼 미지수. 절대 보장 안 함.

그날 밤, 먹는 방법이 좀 희한하긴 하지만 일생일대의 진수성찬을 맛본 노빈손은 꿈도 안 꾸고 거의 죽은 듯이 곯아떨어졌다. 숙소가 하데스 신전 구석에 있어서 약간 추웠지만 아노가 특별히 마련해 준 두꺼운 이불과 담요 덕분에 견딜 만했다.

새벽 무렵, 노빈손은 오줌이 마려워 잠에서 깼다. 물을 너무 마셨던 모양이다.

"스읍~!"

뭐지……? 날카로우면서도 바람 새는 것 같은 소리가 들렸다.

"으악~!"

어둠 속에서 검은 그림자가 씨익 웃었다. 녀석은 뭔가를 빨아먹으며 노빈손을 빤히 쳐다보고 있었다.

"스읍~!"

녀석의 두꺼운 입술 사이로 굵은 침방울이 뚝뚝 흘러내렸다. 노빈손은 간신히 입을 열어 외쳤다.

"누, 누구세요? 왜 한밤에… 남의 방에 들어와…요!"

노빈손의 항의에도 아랑곳없이 뚱뚱한 녀석은 배시시 웃으며 아이스크림 같은 음식을 핥아댔다.

"스읍~!"

볼수록 엽기적이었다. 키는 노빈손보다 훨씬 작은데 몸무게는 족히 두 배는 될 것 같았다. 자세히 보니 얼굴은 꼭 두꺼비 같았지만 눈빛이 날카롭게 빛나고 있었다.

"당신, 귀머거리야… 헉!"

녀석이 어느 틈에 코앞으로 스윽 다가와 있었다.

'빠, 빠, 빠르다…….'

녀석은 노빈손의 눈을 뚫어져라 들여다봤다. 그 눈빛에 심장이 멈춰 버릴 것 같았다. 잠시 멍해진 틈에 녀석이 사라졌다. 노빈손은 온통 머릿속이 하얘졌다.

"엄마야……."

노빈손은 그제야 자기가 겁에 질려 오줌을 싸버렸다는 사실을 깨달았다.

침을 많이 흘리는 병
정상적인 사람들이 하루에 분비하는 침의 양은 보통 1~1.5ℓ 이다. 그런데 침을 많이 흘리는 사람은 3~4ℓ, 심한 경우 10ℓ에 달하는 경우도 있는데 이것은 침샘 분비가 과다하게 되는 유연증이라는 병의 일종이다. 구강 내의 염증, 기계적 자극, 신경쇠약, 히스테리 등의 원인이 있다. 니고마무라는 정상적인 생활을 하기 위해서는 치료를 받아야 한다.

이런 영화관은 처음이야

노빈손은 다음날 아침 넘발키네를 만나자마자 전날 밤에 일어났던 일을 이야기했다. 한데 넘발키네는 별로 놀랄 일도 아니라는 표정이

당…신
누구야 …요?
너… 오줌 쌌어…
뜨끗~
아~
니고마무라!
어휴~
소문나면
안되는데…

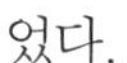

었다.

"총각, 니고마무라가 정말 빠르지?"

"그 두꺼비 같은 사람 이름이 니고마무라예요?"

'니, 고마무라? 먹을 것이 부족한데, 너무 많이 먹어대나?'

"하데스 신전의 경비원이지. 총각이 아노 사제님에게 달려들었을 때 한방 먹였던 사람이 바로 그 사람이야."

알리가 누굴까?
미국의 유명한 프로 권투선수. "나비처럼 날아서, 벌처럼 쏘겠다"는 명언을 남긴 그는 통산 61전56승37KO5패의 화려한 전적에 복싱 사상 최초로 헤비급타이틀을 3회나 획득했고, 탁월한 말솜씨와 카리스마로 대중의 인기를 한 몸에 누렸다. 그는 흑인해방 운동에 커다란 공헌을 한 것으로도 유명했다.

'아하, 하데스 신전에서 내 체면을 구겨놓은 녀석이 니고마무라였군.'

"그런데, 세상에 그렇게 빠른 사람도 있어요?"

예사롭지 않은 인물의 등장에 노빈손의 호기심이 발동하기 시작했다. 어젯밤에도 마치 귀신처럼 나타났다가 정말 눈 깜빡할 사이에 사라졌다. 펀치도 장난이 아닌 것 같았다. 나비처럼 날아서 벌처럼 쏜다는 권투선수 알리도 1회에 케이오로 나가떨어질 듯싶었다.

노빈손의 눈이 유난히 반짝이자 넘발키네는 신이 나서 아주 세세하게 니고마무라에 대해 설명을 해주었다.

"원래는 국회의사당의 경비였는데, 작년에 아노 아가씨가 돌아가신 아버지의 뒤를 이어 하데스 신전의 사제가 된 이후 사제님의 보디가드

웃기는 경상도 사투리

'니고마무라'는 경상도 사투리로 "너 그만 먹어라"의 뜻이다. 그런데 경상도 사투리는 표준말을 간단하게 줄여 쓰게 해줄 때가 있다. 먼저 "할머니 오셨습니까?"는 "할맨교?"
"밥 좀 차려 주세요" → "밥 도!"
"밥 차렸으니까 드세요" → "자, 무라!"

로 일하고 있지. 자기도 아노 아가씨처럼 열두 살 때 아버지를 잃었다면서 아가씨를 돌봐드리고 싶다고 말이야. 오랫동안 알고 지냈는데 정말 충직한 사람이야. 히히, 총각처럼 먹을 걸 좀 밝혀서 탈이지만."

잠자코 듣고만 있던 노빈손이 무심코 물었다.

"근데 아줌마는 니고마무라에 대해 정말 잘 아네요. 관심이 많은 것 같아요?"

넘발키네의 얼굴이 순간 갓 꺼낸 군고구마처럼 뜨겁게 달아올랐다.

"아니야~, 내가 무슨! 아니야~!"

아무 생각 없이 물었는데 넘발키네는 무척 당황한 모양이었다. 빨개진 얼굴을 보니 정말 말숙이랑 똑같았다. 어쨌건 착하고 좋은 사람이라는 넘발키네의 말에 노빈손은 조금 마음이 풀어졌지만 아직도 어딘가 미심쩍은 구석이 있었다.

"근데 그 아저씨는 왜 한밤중에 찾아와서 사람 간 떨어지게 해요?"

"그래? 한밤중에? 니고마무라, 정말로 그랬어요?"

엉, 이건 또 무슨 소리? 노빈손의 눈이 동그래졌다.

"스습~! 누군지 궁금해서……."

헉, 이 스~습 소리는? 노빈손은 파랗게 질린 표정으로 뒤를 돌아봤다. 정말로 니고마무라였다.

"빠, 빠르시네요, 니고마무라… 아저씨……."

니고마무라는 인사도 하지 않고 사라져 버렸다. 노빈손은 한방 맞은 기분이었다.

"총각, 많이 놀랐겠군."

"예, 하도 놀래서 바지에……."

하마터면 바지에 오줌을 쌌다는 얘기를 할 뻔했다. 사실 어젯밤 너무 놀라서 덮고 있던 이불에까지 오줌을 지렸다. 노빈손은 얼굴이 불이라도 난 것처럼 벌게졌다.

"총각, 많이 놀란 것 같은데 영화나 한 편 볼까. 스트레스가 화악~ 풀릴 거야."

다행히 넘발키네가 눈치를 못 챈 것 같았다.

"영화 좋지요. 그럼 오늘은 극장 구경이로군요."

극장은 식당 반대편에 있었다. 문을 열고 들어가자 마치 체육관처럼 생긴 홀이 넓게 펼쳐져 있었다. 그것뿐이었다. 팝콘을 파는 매점도, 의자도, 심지어 영사기도 보이지 않았다. 어제 갔던 식당보다 더 썰렁했다. 다만 우습게도 몇몇 사람들이 이상한 모자를 쓰고 난리법석을 피우고 있었다.

"으악~!"

입체영화의 원리
입체영화는 우리 눈이 양쪽 눈으로 물체를 바라볼 때처럼 한 장면을 촬영기 두 대로 찍는다. 그러면 똑같은 장면이라도 좌우가 약간 차이를 보이게 된다. 하지만 영화를 볼 때에도 스크린 두 개를 놓고 두 눈이 서로 다른 스크린을 보게 할 수는 없는 일. 스크린에는 두 촬영기로 찍은 영상을 한 가지로 조합해서 비춰 주지만 양쪽이 서로 광학 특성이 다른 특수한 안경을 쓰면 왼쪽과 오른쪽이 조합된 영상이 다시 분리되어 보이게 할 수 있다.

비명을 지르는 사람에,

"피해~!"

뛰고 구르고 쓰러지는 사람까지 가지각색이었다.

"정말 희한한 극장이네. 아줌마, 저 사람들은 뭘 잘못 먹었나 봐요?"

노빈손은 머리를 긁적일 수밖에 없었다.

'1만 년 동안 인류가 참 많이도 변했나 보지, 뭐.'

"총각, 너무 많은 걸 알려고 하지 마. 빨리 모자 쓰고 조끼나 걸쳐."

넘발키네가 건네준 것은 군밤장수들이 쓰는 것 같은 모자와 얇고 가벼운 조끼였다. 역시 식당에서처럼 전혀 착용감이 느껴지지 않았다. 정말 121세기답게 첨단 섬유로 만든 모양이었다. 그런데 바로 다음 순간부터 눈앞의 광경이 일순간에 변해 버렸다.

쾅~!

"으악~!"

노빈손의 눈앞에서 폭발이 일어났다. 어디선가 많이 본 장면 같다는 생각을 할 겨를도 없었다. 이건 생지옥이었다. 흙탕물이 튀기고 폭음과 화약 냄새, 피비린내가 진동을 했다.

쌔~액!

귀를 찢는 것 같은 소음과 함께 하늘에서 전투기 서너 대가 날아들었다. 순간 노빈손은 겁에 질려 다리가 얼어붙어 버렸다.

두두두! 두두두두두두!

전투기의 기관총이 불을 뿜었다.

"뭐해, 이 자식아! 엎드려!"

노빈손은 엉겁결에 물속으로 잠수를 했다. 머리 위로 배의 밑바닥이 보이고 눈앞이 부옇게 흐려졌다. 귀도 멍했다. 하지만 총알은 물속이라고 봐주지 않았다. 픽, 픽 하는 소리와 함께 흰 물줄기를 그리며 총알이 파고들었다.

"으악~"

노빈손의 눈앞에 갑자기 두 눈을 부릅뜨고 쓰러진 병사의 얼굴이 보였다. 숨이 막힌 노빈손은 미친 듯이 물 위로 솟구쳤다. 하지만 지상의 광경은 더욱 참혹했다. 폭음, 총탄 소리, 기관총 소리, 비명소리. 아비규환이 따로 없었다.

피융, 피융, 두두두두~, 콰광~.

"피해라. 뒤로 빠져. 제3소대 엄호~ 으악!"

"소대장님, 소대장님~!"

병사들은 정신없이 앞으로, 앞으로 돌진했다. 그들은 노빈손에겐 신경도 쓰지 않는 것 같았다. 바로 그때, 눈앞으로 총알이 날아오는 게

송곳에 찔리면 왜 아플까?
같은 힘으로 눌러도 손이나 막대로 누를 때와 송곳으로 누를 때는 차이가 난다. 왜냐하면 힘의 크기가 같아도 접촉 면적이 다르면 압력이 다르기 때문이다. 힘이 같으면 면적이 작을수록 압력이 커진다. 송곳이나 압정은 끝이 뾰족해 면적이 작으므로 큰 압력이 작용해 두꺼운 종이를 뚫거나 나무에 박힐 수 있다.

보였다.

'뭐야, 이건!'

총알은 노빈손의 머리를 그대로 관통했다. 머릿속에서 쉬익~ 하는 바람소리가 들리는가 싶더니 송곳에 찔린 듯 머리가 아파왔다.

"아~악!"

노빈손은 반사적으로 자신의 머리를 만져 보았다. 뭔가 끈적거렸다. 설마, 피가?

"어억!"

총탄에 쓰러진 병사가 노빈손의 눈앞으로 허물어지듯 쓰러졌다. 노빈손은 무의식중에 그를 안으려 했다. 하지만 그는 마치 연기처럼 노빈손을 통과해 버렸다.

'아!'

쓰고 있던 모자가 벗겨졌다. 일순 모든 광경이 사라져 버렸다. 총에 맞아 쓰러진 병사도, 초토화된 전쟁터도. 그제야 노빈손은 깨달았다. 가상현실이었다. 정말 엄청난 가상현실 영화관이었다.

"하하하, 총각도 꼭 미친 사람처럼 난리법석을 떠는군."

노빈손은 하도 놀래서 넘발키네의 말이 귀에 들어오지도 않았다. 노빈손은 자신의 머리에 묻은 끈적끈적한 것이 피가 아니라 땀이라는 걸 그제야 깨달았다. 정말 이렇게 대단한 극장은 태어나서 처음이었다.

"총각, 이제는 오락실에 가볼까?"

감탄스러웠다. 노빈손은 극장이 이렇게 짜릿할 정도면 오락실은 얼마나 놀라울지 기대가 됐다.

"우와~, 두말하면 숨가쁘죠. 빨리 가요."

오락실은 미성년자 출입금지

오락실은 극장에서 그리 멀지 않은 곳에 있었다. 오락실 건물의 외관은 극장 못지않게 썰렁했지만 안으로 들어서자 예상치 못했던 장관이 펼쳐져 있었다. 학교 운동장처럼 널찍한 실내에 공처럼 생긴 하얀 캡슐이 400개나 박혀 있었던 것이다.

"아줌마…, 이렇게 큰 오락실은 처음이에요."

공처럼 생긴 캡슐은 보통 사람의 다리만한 굵기의 봉 위에 놓여 있었다. 질서정연하게 막대 알사탕을 세워놓은 것 같았다.

"여기 말고 다른 곳도 있는데, 시간 나면 총각 혼자서 가봐."

"아니 오락실이 또 있어요?"

"그럼. 여기는 비행기 오락실이고 건너편에는 칼싸움 오락실이 있지."

더 이상 기다릴 수 없었다. 출입문이 열려 있는 캡슐 속으로 무조건

뛰어들었다. 캡슐 속에는 의자와 간단한 조종간 하나뿐이었다. 하지만 출입문을 닫고 안전벨트를 매자 놀라운 일이 벌어졌다.

위아래, 좌우 어디를 봐도 거대한 운석들로 가득한 우주 공간이 펼쳐진 것이다. 계기판과 조종간과 좌석이 우주 공간에 둥둥 떠 있었다. 갑자기 어디선가 소리가 들렸다.

"A팀과 B팀 가운데 어느 팀을 고르시겠습니까?"

노빈손은 A팀을 골랐다. 전투 참가 인원이 200명이었고 인원은 정확히 100명씩 나뉘었다. 가상의 화면에 규칙 설명이 떴다.

▶▶▶

운석 지대에서 30만 킬로미터 이상 벗어나거나, 전투에 5분 이상 참가하지 않으면 무조건 탈락입니다. 이 두 가지를 제외한 어떤 행동도 가능합니다. 최대한 많은 비행기를 격추하고 살아남길 바랍니다. 주의사항은 다음과 같습니다. 비행기 연료는 무한정 공급되지만 무기의 양은 제한되어 있습니다. 무기를 효과적으로 사용하십시오. 그리고 아군을 격추하거나 아군의 무기에 격추당하는 일이 없도록 하십시오.

게임이 시작되자마자 노빈손은 어릴 적부터 오락실에서 갈고 닦은 솜씨로 B팀의 비행기들을 차례차례 격추했다. 게임의 속도감은 정말 엄청났다. 영화관에서 느꼈던 놀라운 현실감이 여기에서도 느껴졌다. 그런데 B팀의 비행기 가운데 한 대가 노빈손이 속한 A팀의 비행기를 무섭게 격추하고 있었다. 노빈손만큼이나 실력이 뛰어난 것 같았다.

'오호, 드디어 상대가 될 만한 녀석이 나타났군!'

한 5분쯤 지났을까, 불꽃 튀는 우주 전쟁 끝에 노빈손의 비행기와 B팀의 비행기 단 두 대만이 남았다. B팀의 비행기는 운석들 사이로 요리조리 빠져나가는 솜씨가 보통이 아니었다. 노빈손도 끈질기게 추격했지만 따라잡기 쉽지 않았다. 바로 그때 노빈손의 비행기 앞에 있던 커다란 운석이 요란한 굉음을 내며 폭발했다.

'무서운 녀석이군.'

광선으로 비행기를 직접 쏘는 게 아니라 운석의 파편으로 공격을 가했던 것이다. 노빈손은 급강하로 위기를 모면한 다음 다시 급상승해서 적기의 뒤쪽으로 바짝 달라붙었다.

상황은 순식간에 노빈손에게 유리해졌다. 십자 표적의 가운데로 적기가 거의 들어왔다.

"좋았어, 어디 맛 좀 봐라!"

가상현실의 원리
가상현실이란 컴퓨터가 사용자에게 주는 이미지를 단순히 관찰하는데 그치지 않고 컴퓨터가 창출한 3차원 환경을 현실세계인 것처럼 경험하게 해주는 것이다. 가상현실 세계에 들어가기 위해서는 특수장치가 필요한데 특수 헬멧을 머리에 쓰고, 데이터 장갑을 끼거나 보디 수트를 입는다. 특수 헬멧은 2차원 이미지를 3차원으로 바꿔 주는 특수안경과 입체음향을 제공하는 헤드폰이 달려 있다.

노빈손이 입맛을 다시며 방아쇠를 당기려는 순간, 적기가 표적에서 사라졌다.

"아니, 이럴 수가!"

노빈손은 위아래, 좌우 사방으로 고개를 돌려봤다. 아차, 적기가 순간적으로 속도를 늦춰서 노빈손의 비행기 뒤편으로 간 것이었다.

"에잇, 당했잖아~!"

적기의 머리에서 붉은 광선이 뿜어져 나왔다.

콰광~!

굉음 소리와 함께 노빈손의 비행기가 마구 뒤흔들렸다. 사방을 둘러

싼 화면이 붉게 변하면서 금이 갔다.

삐익 삐익!

노빈손의 비행기가 격추됐다는 경고음이 울리며 게임이 끝났다. 정말 대단한 조종사였다. 노빈손은 그 상대가 누군지 궁금했다. 마침 상대와 대화를 할 수 있는 미팅 신청 단추가 있기에 지그시 눌렀다.

"대단한데요."

모니터에 뜬 아바타 캐릭터가 싱긋 웃으며 노빈손에게 말풍선을 날렸다. 하트 모양의 말풍선은 노빈손 앞에서 쪽 소리를 내며 터졌다. 여자인 것 같았다.

'누구지? 궁금한데…….'

노빈손은 캡슐에서 뛰어내려 상대편 캡슐 쪽으로 갔다.

"아노 사제님, 여기는 어쩐 일이십니까?"

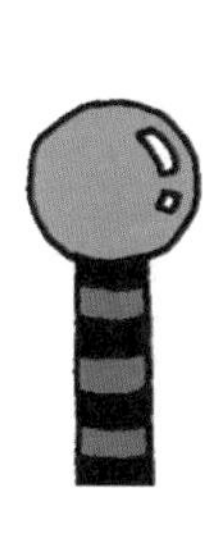

적기에서 나온 것은 뜻밖에도 하얗고 앳된 얼굴의 아노였다.

깜짝 놀란 넘발키네가 아노에게 소리쳤다.

"이 오락실은 15세를 넘긴 사람들만이 들어올 수 있습니다. 그리고 아프신 어머니는 혼자 내버려두셨습니까?"

아노의 볼이 순식간에 빨개졌다. 고개를 푹 숙인 그녀는 다 죽어가는 목소리로 변명을 했다.

"미안해요, 넘발키네. 어머니는 병원에 입원하셨어요."

"아노, 어머니가 입원하셨는데, 어떻게 오락실에 올 수가 있니?"

"아줌마, 죄송해요. 용서해 주세요."

넘발키네는 굉장히 화가 났는지 공손했던 모습은 어디론가 사라지고 반말까지 쓰면서 호되게 야단을 쳤다.

"아노, 너 이번이 처음이 아니로구나."

"예……."

아노 녀석, 대단히 무섭고 엄해 보였는데 알고 보니 문제 청소년인 모양이었다.

"히히히 아줌마, 원래 애들이 다 그래요. 아노 어린이~, 오락을 너무 잘하는데 다음부턴 부모님 허락 받고 오도록 하세요."

노빈손은 분위기 파악을 못 하고 아노의 등을 톡톡 두드리며 약을 올렸다.

"용서해 주세요. 어머니가 아픈데 난 아무것도 할 수 있는 게 없잖아요. 그래서 너무… 너무 화가 났어요."

사태는 노빈손의 생각보다 심각한 것 같았다. 아노 녀석이 눈물까지 뚝뚝 흘리며 넘발키네에게 용서를 비는 것이었다.

꾸르륵~.

이때 분위기를 깨며 오락실 안에 울려 퍼지는 노빈손의 배 소리. 울던 아노까지 눈을 둥그렇게 뜨고 노빈손을 쳐다봤다.

꼬르륵 소리의 비밀
배가 고프면 배에서 꼬르륵 소리가 난다. 또 설사를 하거나 배탈이 났을 때도 아랫배에서 꼬르륵 소리가 나기도 한다. 비밀은 바로 공기다. 위나 장이 소화를 위해 움직이면 그 속에 들어 있던 공기가 눌려져 소리를 내는 것이다. 병에서 물을 따를 때 꼬르륵 소리가 나는 것과 마찬가지다.

'이런, 완전히 체면 구겼다.'

짜릿하고 재미있는 오락에 빠져서 흥분했더니 배가 너무너무 고팠던 것이다. 노빈손은 볼이 발그레해져선 애교가 뚝뚝 흐르는 목소리로 말했다.

"헤헤, 넘발키네 아줌마, 이제 야단 그만 치고 밥 좀 먹으면 안 될까요?"

넘발키네는 아직도 눈에 눈물이 그렁그렁한 아노에게 조용히 물었다.

"아노 사제님도 함께 가시렵니까?"

말투가 존대말로 바뀌었다. 아노는 노빈손을 슬쩍 흘겨보더니 퉁명스럽게 말했다.

"아니오. 전 그런 식당엔 가기 싫어요. 이 바보 아저씨랑은 더 더욱 싫어요."

가상현실의 응용
가상현실은 생활의 여러 분야에 폭넓게 실용화되고 있다. 미국의 F16기 공군 조종사들은 실제 훈련보다는 시뮬레이터를 이용, 공중전과 비행기 조작 연습을 하며 신체 적응 훈련을 한다. 걸프전에서 22시간 만에 이라크 전차를 전멸시킨 것도 가상현실의 사막전 훈련을 통해 가능했다.
미국의 한 병원에서는 컴퓨터가 만든 가상공간을 걸어 다니는 연습을 시켜 42명의 고소공포증(높은 곳을 두려워하는 병) 환자 중 38명을 완치시켰다.

'뭐 바보?'

노빈손은 순간 발끈했다.

'아니지. 딱한 녀석, 어린 나이에 아버지를 잃고 어머니를 대신해서 사제 자리까지 올랐으니 얼마나 힘들었겠어. 그래 내가 참아야지. 오락실에서라도 스트레스를 풀고 싶었던 거겠지.'

확실히 아노는 어딘가 어두운 구석이 있는 아이인 것 같았다. 노빈손은 무심코 입을 열었다.

"그런데 아노의 아버지는 어쩌다가 돌아가셨대요?"

말이 떨어지기가 무섭게 넘발키네가 정색을 하고 노빈손을 노려봤다.

"총각, 내가 총각에게 늘 하는 말이 뭐였지?"

"아 예, 너무 많은 걸 알려고 하지 말라고요."

전기를 먹는다고요?

노빈손은 식당에 가는 게 너무나 기대가 되었다. 어제는 세상에서 제일 썰렁~한 아침하고 중국 황제 코스 요리를 먹었으니 오늘은 뭘 먹을지 고민까지 될 정도였다. 아무래도 구원의 사자라서 이런 특별 대접을 받는 모양이었다. 노빈손은 식당에 도착하자마자 외쳤다.

"넘발키네 아줌마, 시궁창 죽 가져다 줘요!"

노빈손은 오직 맛있는 음식을 먹겠다는 일념으로 시궁창 죽을 두 병이나 벌컥벌컥 마셨다. 자꾸 먹다 보니 냄새도 별로 안 나는 것 같았다.

그리고 세 가지 메뉴를 동시에 시켜 놓고 마구 먹어댔다. 신기하게도 아무리 먹어도 배가 아프거나 더부룩하지 않았다. 노빈손은 두 시간 동안이나 마음껏 먹고 즐겼다.

"총각, 이제 그만 먹어."

넘발키네가 심드렁한 목소리로 말했다.

"에이 아줌마, 가만히 좀 있어 보세요. 아직도 이렇게 음식이 많이 남았는데 아깝잖아요."

노빈손은 눈앞에 보이는 접시에 코까지 박고 음식을 입에 쑤셔넣기 바빴다.

"총각, 나 배고파 죽겠어. 이제 그만 가자고."

엥? 아니 이게 무슨 자다가 화장실 노크 하는 소리인가? 노빈손은 옆에서 원 없이 맛있는 음식을 즐기고 있는데 넘발키네는 배가 고파 죽겠다니.

"아줌마, 여기 아직 손도 안 댄 음식이 많아요. 드시면 되잖아요?"

노빈손은 자기 앞에 있던 커다란 사과 하나를 집어서 넘발키네에게 건넸다.

"총각, 아직 분위기 파악이 안 됐나 봐? 음식이 나오기는 뭐가 나와."

그녀는 정말 한심하다는 듯이 핀잔을 줬다.

"예? 음식이 나오질 않다니요? 좀 전에 실컷 먹은 건 그럼 음식이 아니고 뭐란 말이에요?"

"총각, 자네가 지금 먹은 건 음식이 아니라 전기야, 전기!"

이건 또 무슨 말인가? 노빈손은 무인도, 아마존 정글, 버뮤다 해저에서 온갖 희귀생물에, 별의별 희한한 일을 다 겪어 봤지만 전기를 먹는다는 건 정말 처음 듣는 얘기였다.

"으이구, 이 답답한 총각아~!"

넘발키네는 노빈손의 헬멧을 벗겼다.

"어……?"

노빈손의 눈앞에 있던 모든 것들이 몽땅 사라져 버렸다. 넘발키네에게 주려던 사과도 보이지 않았다.

"이게 도대체… 어떻게 된 일이죠?"

"가상현실이야!"

넘발키네의 대답은 짧고 명료했다.

"영화관처럼 이 식당도 가상현실이었다는 말씀이세요?"

노빈손은 넘발키네가 든 헬멧을 잡아채며 외쳤다.

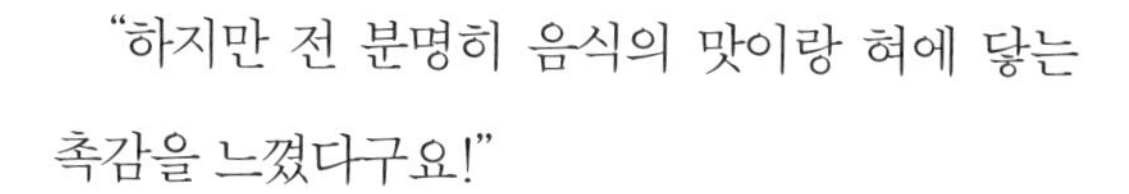

"하지만 전 분명히 음식의 맛이랑 혀에 닿는 촉감을 느꼈다구요!"

"그건 전기로 뇌를 자극해서 그렇게 느끼게 한 것뿐이야."

넘발키네의 목소리가 잦아들었다.

그러고 보니 한 달에 한 번씩 음식을 하데스 산으로 배급 받으러 간다고 했던 넘발키네의 말이 떠올랐다.

'음식이 이렇게 많은데, 그것도 공짠데 음식을 배급 받으러 갈 리가 없지. 내가 왜 그 생각을 못했을까?'

전기를 먹는다고?
아이스케키 공화국에서 전기를 진짜 먹는 것은 아니다. 전기신호로 뇌를 자극해 마치 음식을 먹은 것처럼 느끼게 할 뿐이다. 눈으로는 음식을 보여주고, 음식을 먹는 촉감을 느끼게 하고, 배도 부른 것처럼 만들어 줄 뿐이다. 아무리 문명이 발달해도 사람이 로봇처럼 전기를 직접 에너지원으로 이용하지는 않을 것이다.

"총각, 미안해. 아이스케키가 어떤 어려움에 빠져 있는지 보여주고 싶었을 뿐이야."

시내에 퀴퀴한 냄새가 진동을 했던 것은 곳곳에 죽 배급소가 있었기 때문이었다.

"총각, 우리가 매일 먹는 건 이 죽뿐이야. 하지만 이것만으로는 견딜 수 없어서, 이런 편법을 쓰고 있어."

넘발키네는 정말 슬퍼 보였다. 하지만 노빈손은 머릿속이 복잡해졌다. 속았다는 생각에 화가 나기도 하고, 아이스케키 사람들의 현실을 이해하기도 어려웠다.

"말을 안 하려면 끝까지 하지 말던가요. 그러면 기분이라도 안 나쁘죠!"

갑자기 머리가 어찔하면서 피곤이 몰려왔다. 아까부터 몸이 으슬으슬 떨렸었는데 넘발키네의 말을 듣고 나니 몸에서 힘이 쭉 빠지며 금방이라도 쓰러질 것만 같았다.

"총각, 왜 그래? 어디 아파?"

"예! 아파 죽겠어요. 배고픈 사람한테 냄새나는 죽만 잔뜩 먹이고, 그것도 모자라서 가짜 음식, 아니 전기를 먹이다니요. 옛말에 먹는 거 가지고 장난을 치지 말라고 했단 말이에요. 제대로 먹지도 못했는데 몸이 배겨나겠어요."

이젠 정말 배가 고팠다. 억지로 마셨던 시궁창 죽을 토할 것 같았다.

"총각, 아무래도 병원엘 가야겠구먼."

아이스케키는 전기 만능 공화국

시내에서 조금 떨어진 곳에 자리잡은 병원은 마치 은행처럼 보였다. 병원이라면 죽어도 가기 싫어하는 노빈손이었지만 그놈의 호기심이 또 발동을 해서 오게 된 것이었다.

시내를 비추던 하얗고 푸른 조명도 이곳 병원에는 잘 어울리는 것 같았다. 환자들은 줄을 길게 늘어서지 않고, 모두들 번호표를 받아들

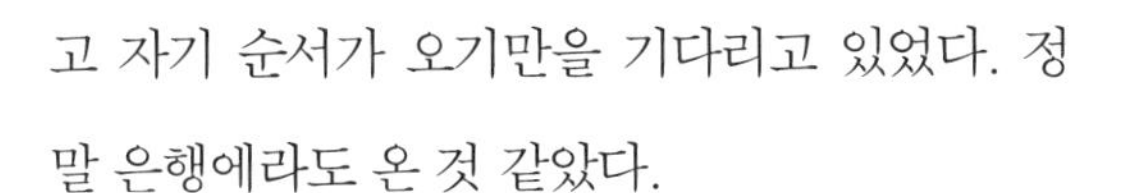

고 자기 순서가 오기만을 기다리고 있었다. 정말 은행에라도 온 것 같았다.

"여긴 종합병원인가 봐요?"

"종합병원? 여기 병원들은 모든 종류의 환자들을 다 처리해. 어딜 가나 마찬가지야."

넘발키네의 대답이 영 불안하게 느껴졌다. 혹시 여기도…….

"아니 내과, 외과, 이비인후과, 비뇨기과 그런 것도 없단 말이에요?"

"이비인 뭐? 여긴 그런 거 없어. 의사들한테 물어봐도 몰라. 어쨌건 여기도 공짜야."

'몽땅 공짜? 좋긴 한데, 설마 병원에서는 전기로 속이거나 하지 않겠지.'

노빈손은 접수 창구로 달려가서 자기가 느끼는 모든 증세를 얘기했다.

"선생님, 머리가 어지럽고요, 속이 메스껍거든요. 참, 배도 고파요. 코도 막힌 것 같고 두통도 있고 머리하고 얼굴이 간지러운 것 같아요. 이빨도 너무 아파요. 그리고 너무너무 신경질이 나서 못 견디겠어요."

의사라기보다는 동네 은행의 창구직원처럼 보이는 사람이 잠자코 듣고만 있더니 몇 개의 숫자가 적힌 쪽지를 노빈손에게 건네주었다. 그리고 손을 들어 뒤쪽을 가리켰다.

외과의사는 의사도 아니었다?
지금은 의학이 내과, 외과, 이비인후과, 비뇨기과처럼 세분화되어 있지만 처음에 서양의학에는 외과와 내과만 있었다. 19세기까지만 해도 외과의는 이발사와 구별되지 않을 정도로 낮은 신분이지만 내과의는 신분이 높았다. 하지만 해부학이 발달하고, 소독법의 개발로 수술을 통한 치료 방법이 효과를 거두자 외과의는 그 지위가 단숨에 내과의와 맞먹을 정도로 올라가게 되었다.

전자칩으로 하반신 마비 환자 치료
하반신 근육이 완전 마비되어 하반신을 전혀 움직일 수 없는 사람들이 전자칩을 몸 안에 넣어 근육을 움직일 수 있도록 하는 기술이 개발되고 있다. 이것은 컴퓨터를 통해 몸 안의 전자칩에 신호를 보내고 이 신호가 다리 속에 심은 전극들에 전달되면서 근육이 움직일 수 있도록 만든 장치이다. 1996년부터 유럽연합과 6개국이 공동개발하고 있다.

출입구라고 써진 간판이 보였다. 노빈손은 조용히 쪽지를 들고 출입구로 걸어갔다.

"상당히 불친절한 병원이로군."

출입구 안으로 들어서자마자 정면에는 마치 공항에서 비행기의 출발과 도착을 알리는 전광판 같은 커다란 안내판이 보였다. 그리고 안내판 밑에는 문마다 숫자가 적힌 방 수십 개가 죽 늘어서 있었다.

"아하, 쪽지에 적힌 숫자를 보고 방을 찾아가란 얘기로군."

많은 환자들이 앉아서 안내판을 보며 순서를 기다리고 있었다. 특히나 아이들의 울음소리가 유난히 크게 들려서 노빈손은 가슴이 아팠다. 아이를 안고 온 부모들은 어찌할 바를 몰라 그저 아이를 어르고 달래기만 했다.

"역시 몸이 건강해야 마음도 건강해지지."

노빈손은 조용히 중얼거렸다. 때마침 한 환자가 문을 열고 병실에서 나왔다. 한데 환자의 표정이 별로 좋아 보이질 않았다.

"에이, 벌써 치료 끝이야?"

뚱해서 병실을 나온 환자는 병원 밖을 나가는 내내 투덜거렸다. 의사들 실력이 별로인 모양이었다.

드디어 노빈손 차례가 되었다. 방에 들어가자 의사는 보이지 않고 커다란 기계 하나만 덩그러니 놓여 있었다. 조심스럽게 기계 앞으로 다가가자 안내문이 떴다.

헬멧을 쓰고 침대에 누우시오

'설마 이것도 가상현실은 아니겠지?'

아무래도 이곳 아이스케키 사람들은 무엇을 하건 헬멧을 쓰는 게 관습인 것 같았다. 시키는 대로 누웠더니 침대 위로 커다란 유리덮개가 덮이고 침대가 윙 하는 소리와 함께 천천히 회전하기 시작했다.

가뜩이나 겁이 많아 병원을 싫어하는 노빈손은 마치 생체 실험이라도 당하는 듯한 기분이 들어 식은땀이 바짝바짝 났다.

'혹시 내 머릿속에 전자칩이라도 심으려는 건 아니겠지? 이럴 때일수록 정신을 바짝 차려야 돼.'

잠시 후 둥근 유리덮개 위로 파란 불빛이 지나가자 주변이 온통 눈보라가 치는 광경으로 변했다. 아마 치료하는 동안 아이스케키 사람들이 좋아하는 겨울 풍경을 가상현실로 보여주는 것 같았다.

잠깐 기다렸더니 몸 곳곳이 따끔거리고 때로는 찌릿찌릿한 느낌까지 들었다. 따가운 것 같기도 하고 간지러운 것 같기도 한 것이 참 이상했다. 간혹 바늘로 찌르는 것 같기도 했다.

그런데 신기하게도 그러고 나자 머리가 아프지 않았다. 이빨도 전혀 쑤시지 않았다.

"오호, 병원은 그래도 괜찮은 것 같은데."

노빈손은 이번에는 배를 붙잡고 있던 사람들이 많이 들어가는 방에 들어갔다. 유난히 기다리는 사람들이 많았다. 아마도 음식을 잘못 먹어서 배탈이나 설사에 시달리는 사람들이 많은 것 같았다.

그러고 보니 그 방에는 어린이와 아기를 안은 부모들도 제일 많았다. 노빈손도 어릴 적에는 배탈과 설사를 자주 앓았다. 제대로 못 먹고 상한 음식을 많이 먹으니 아이스케키 어린이들은 더 심하게 아플 게 틀림없었다.

이 방도 아까 갔던 방과 다를 게 없었다. 똑같은 침대에 똑같은 풍경이 보이고 똑같이 따끔거렸다. 다만 이번엔 배가 좀 많이 따끔거리는 게 다를 뿐이었다.

치료가 끝나고 나니 복통과 허기가 사라진 것 같기는 한데 어쩐지 좀 찜찜했다.

노빈손은 다른 방에도 들어가 보기로 했다. 노빈손이 선택한 그 방엔 조금 이상해 보이는 사람들이 유독 많이 기다리고 있었다. 갑자기 방에서 자지러지는 소리가 들렸다.

"히히, 히히히, 아유 간지러워. 아유~ 간지러워. 히히히. 아이고 나 죽네. 그만해요, 그만. 히히."

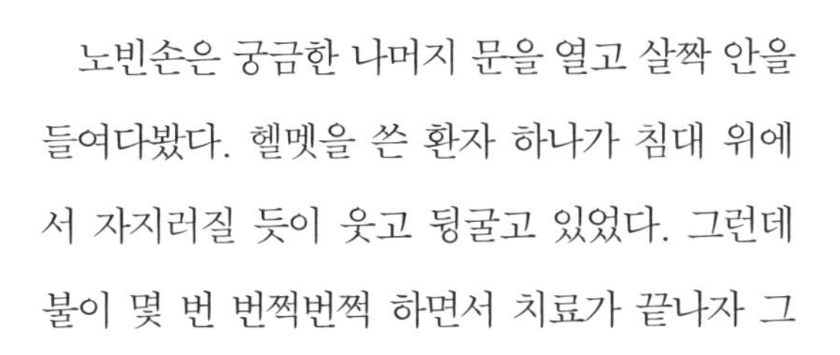

노빈손은 궁금한 나머지 문을 열고 살짝 안을 들여다봤다. 헬멧을 쓴 환자 하나가 침대 위에서 자지러질 듯이 웃고 뒹굴고 있었다. 그런데 불이 몇 번 번쩍번쩍 하면서 치료가 끝나자 그 사람의 표정이 갑자기 시무룩해졌다.

"에이, 벌써 치료 끝이야?"

이 방은 정신과 치료실이었다. 치료가 끝나자마자 표정이 어두워지는 걸 보면 별로 효과가 없는 것 같았다. 그런데 갑자기 노빈손의 머리가 다시 쑤시기 시작했다.

플라시보 효과
환자에게 당분이 섞인 물을 약이라고 속이고 먹게 하면 병이 낫는 효과. 스스로 믿기만 하면 그야말로 물만 먹어도 병이 낫는다는 말이다. 사람에게 병을 이겨낼 수 있는 능력이 있기 때문에 생기는 현상인데, 신기한 것은 부작용을 나타내는 경우도 있다는 사실.

"총각, 아픈 데는 다 나았나?"

어느 틈에 넘발키네가 노빈손 앞에 와 있었다. 노빈손이 투덜거렸다.

"치료할 때는 괜찮은 것 같더니 지금은 도로 안 좋아졌어요."

넘발키네가 잠시 입을 다물었다. 노빈손은 총가~악 소리가 나올까 싶어 잽싸게 방어자세를 취했다.

"당연히 그럴 수밖에 없지."

넘발키네의 표정이 진지해졌다.

"치료란 게 전기로 그냥 아프지 않다고 느끼게 만드는 것일 뿐이야. 총각의 머리와 이빨은 좀 지나면 또 아프게 되지."

'오마나!'

노빈손은 어이가 없었다.

"여기도 전기, 저기도 전기. 아이스케키 사람들은 전기밖에 아는 게 없어요?"

"우리는 병을 어떻게 치료하는지 몰라. 사람들은 그저 우리가 신의 저주를 받았다고 체념할 뿐이지."

노빈손은 고개를 돌려 순서를 기다리고 있는 환자들을 바라보았다. 환자의 대부분인 아이들은 한결같이 얼굴과 피부에 상처와 고름, 딱지가 덕지덕지 나 있었다. 발에서 악취가 나는 아이들도 있었다.

"엄마, 아파. 나 아프단 말이야."

"앙앙, 나 죽 싫어……."

정말 슬픈 광경이었다. 아이들에게 무슨 죄가 있다고. 잘 먹고 사랑도 듬뿍 받아야 할 어린아이들이 왜 저런 고통을 당해야 하는 것인지. 노빈손의 얼굴이 슬픔에 겨워 더욱 일그러졌다.

"총가~악."

노빈손은 순간 정신을 차렸다. 넘발키네의 표정이 또다시 느끼해지기 시작했다.

"예~?"

넘발키네는 어정쩡하게 방어자세를 한 노빈손을 잡아끌고 병원 밖으로 나왔다.

고름의 정체
피부가 감염되면 혈관 내를 순찰하는 '다형핵백혈구'가 혈액 내에 침입한 세균을 잡아먹는다. 하지만 5~10개 정도 세균을 잡아먹으면 그 독성으로 백혈구는 죽게 된다. 반면 '단핵세포백혈구'는 모세혈관 곳곳에 있는 작은 구멍을 통해서 혈관 바깥으로 나가서 상처 부위에 자리를 잡고 보통 때 크기의 5배 이상 커진다. 그리하여 하나가 세균을 100개까지 해치울 수 있게 된다. 이렇게 상처 부위에서는 많은 백혈구가 세균과 전쟁을 하고 그러다가 죽은 백혈구가 고여서 고름이 된다.

"총각, 우리 아이스케키는 전기로 온갖 걸 다해. 배고픔도 죽 먹고 전기로 달래면 그만이지. 하지만 아픈 아이들이나 노인들을 치료하진 못해. 수수께끼 같은 병이 번지고 있는데, 아무도 그게 무슨 병인지 몰라. 이젠 어른들 사이에도 병이 번지고 있어."

이번엔 노빈손이 아무 말도 하지 않았다. 넘발키네도 조용히 입을 다물었다. 병원 밖으로 나오자 여전히 퀴퀴한 시궁창 죽 냄새가 진동

정신병과 환각
환각이란 외부에서 실제 자극이 없는데도 청각, 시각, 후각, 미각, 촉각의 5각으로 어떤 자극을 느끼는 것. 정신병에 걸리면 주위에 사람이 없어도 목소리나 어떤 소리가 들리는 환청이 가장 흔히 나타난다. 마약 등의 약물중독의 경우에는 주위에 있지도 않은 불빛, 사람, 동물 등이 눈에 보이는 환시 현상이 자주 생긴다.

을 했다. 노빈손은 이제 시궁창 죽이 너무나 지겨웠다.

"아줌마, 이 퀴퀴하고 지저분한 냄새는 어떻게 전기로 해결이 안 되나요?"

노빈손은 짜증스런 말투로 투덜거렸다.

"안 될 리가 없지. 병원에 가서 전기 수술로 코를 마비시켜."

'기가 막혀! 전기 수술……?'

"아주 간단해서 아이스케키 사람들은 모두들 그렇게 하지. 히히, 죽 냄새는 물론이고 총각이 이불에 싼 오줌 냄새도 못 맡아."

노빈손은 얼굴이 홍당무처럼 빨개져선 아무 말도 못 했다.

"도둑이야~!"

그때 어디선가 외치는 소리가 들렸다.

"쯧쯧. 또 정신과 치료기를 훔쳐 달아난 모양이로군."

넘발키네가 혀를 차며 말했다.

"정신과 치료기를 훔친다고요?"

이건 또 무슨 소리야?

"몇 년 전부터 대유행이야. 정신과 치료기를 조금만 개조하면 아주 강력한 전기마약을 맛볼 수 있거든."

"전기마약이요?"

아까 정신과 치료실에서 어떤 환자가 치료 시간이 너무 짧다고 불평하던 게 생각이 났다.

"강력한 전기 충격으로 신체의 고통을 영원히 없애고, 엄청난 쾌락을 준다고 하더군."

세상에, 마약 복용 같은 범죄도 전기랑 연관된 것뿐이었다.

"전기 치료를 받아 봐야, 아픈 게 잠깐 잊혀질 뿐이니까. 사람들은 그게 답답해서 전기마약을 쓰는 거고."

미래에서 온 편지 2

□□□-□□□

전기의 뿌리는 바로 태양에너지

문명이 빛을 잃은 아이스케키 공화국. 하지만 전등은 물론, 전자오락실, 식당, 병원까지 전기로 모든 걸 해결하고 있는 전기공화국이었다.

그런데 놀라운 것은 전기의 뿌리가 바로 태양이라는 사실. 아니 우리가 숨을 쉬는 것도, 차를 타고 멀리 갈 수 있는 것도 전부 태양이 우리에게 준 에너지 덕분이다.

그렇다면 인류는 태양에너지를 어떻게 이용해 왔을까?

1단계 : 태양에너지는 바로 인류의 식량

사람은 밥을 먹음으로써 몸에 필요한 에너지를 얻는다.

그 에너지의 근원은 바로 태양에너지이다. 먼저 식물이 광합성을 하여 태양에너지를 화학에너지로 바꿔 열매, 뿌리, 줄기를 이루는 물질에 저장한다. 그런 다음 이

식물을 토끼와 같이 풀을 먹고 사는 초식동물들이 먹게 된다. 그러면 에너지는 초식동물들에게로 옮겨 가게 된다. 다시 호랑이나 사람처럼 고기를 먹는 육식동물들이 토끼를 먹게 되고 그 속에 있는 에너지도 함께 먹게 되는 것이다.

2단계 : 태양에너지를 열에너지와 빛에너지로

나무를 태우면 불이 붙으면서 빛과 열이 나온다. 나무에 저장되어 있던 태양에너지가 빛과 열로 바뀐 것이다.

불을 이용하여 인류는 도구를 만들 수 있게 되었고, 또한 불로 음식을 요리해 먹을 수 있게 되었다.

3단계 : 태양에너지를 태워 운동에너지로

3억 년 전에는 양치식물이라고 불리는 높이가 수십 미터나 되는 식물이 지구를 뒤덮고 있었다. 이 식물들이 땅속에 쌓여서 세균에 의해 분해되고

고온 · 고압으로 변화되어 오늘날의 석탄과 석유가 된 것이다.

석탄 · 석유를 태워서 나온 열로 기차와 기계를 움직이는 증기기관을 발명하면서 산업혁명이 시작되었다.

기차나 기계를 움직이는 석탄 · 석유는 결국 태양에너지를 먹고 자란, 식물의 후손인 셈이다.

4단계 : 태양에너지를 전기로

우리 생활에 없어서는 안 될 전기. 전기는 발전소에서 발전기를 돌려 만든다. 화력발전소에서는 석탄이나 석유를 태워 나온 열로, 수력발전소에서는 물을 높은 곳에서 떨어뜨려 발전기를 돌린다. 수력발전을 위한 물은 태양에너지로 인해 증발된 물이 구름이 되어 비로 내린 것이다.

그러니까 태양에너지가 돌고돌아 전기가 되고, 우리는 전기에너지를 빛

(형광등, 백열등), 열(전기난로, 전기밥솥, 다리미), 운동에너지(선풍기, 세탁기, 청소기) 등으로 바꿔서 생활에 이용하고 있는 것이다.

5단계 : 태양에너지의 새로운 활용

인류는 태양에너지가 아닌 핵에너지를 이용하기 시작했다. 원자폭탄으로 시작된 인류와 핵에너지의 만남은 원자력발전으로 이어지고 있고, 우리나라는 현재 전기의 40%를 원자력발전으로 얻고 있다.

하지만 핵에너지의 이용은 핵폐기물 때문에 위험하고 석탄 · 석유는 몇십 년 지나면 다 써버릴 테니 새로운 에너지원을 찾아야 한다.

그래서 찾아낸 방법은 다시 태양에너지를 이용하는 것. 우선, 바람으로 풍차를 돌려 전기를 얻는 풍력발전. 이때 바람도 태양이 지구를 골고루 데우지 못해서 생긴 것이다. 또 태양열로 발전기를 돌리는 태양열발전, 태양전지를 이용해 태양의 빛을 곧바로 전기로 바꾸는 태양광발전은 태양에너지를 그대로 이용하는 방법이다.

3

약속의 노래

아이스케키는 한마디로 전기 만능 공화국이었다. 어리석게도 전기로 굶주림과 질병을 해결하려고 하는 나라였다. 노빈손은 하데스 신전으로 돌아가면서 넘발키네에게 물었다.

"아줌마, 이 나라가 어떤 곤경에 처했는지는 충분히 알겠어요. 하지만 저를 왜 불렀는지는 모르겠어요. 도대체 무슨 근거로 저를 구원의 사자라고 부르는 거예요?"

"총가~악."

노빈손은 이젠 자동으로 방어자세를 취했다.

문명과 평균 수명은 별개?
찬란한 문명을 자랑했던 로마시대. 하지만 그 당시 평균 수명은 어느 정도였을까? 여러 자료로 추정한 바에 따르면 그리스 로마시대 평균 수명은 겨우 19세. 그러니까 요즘으로 말하면 고등학교 나오고 수능 볼 때쯤이면 죽는다는 소리다. 16세기에는 21세, 18세기에는 26세, 19세기에는 34세 정도가 평균 수명이었다. 하지만 20세기에 예방의학이 발달하고 생활조건이 향상되면서 평균 수명이 급상승, 50세를 손쉽게 돌파했다.

"너무 알려고 하지 말라고 그러실라고 그랬죠. 아줌마, 그래도 알 건 알아야죠."

"누가 뭐라고 했어? 그 이유는 아노 사제님께서 알려주실 거야."

노빈손과 넘발키네는 야외극장을 지나, 차가운 조명이 켜진 긴 터널을 통해 하데스 신전으로 돌아왔다. 다시 보니 하데스 신전의 내부는 정말 멋있었다. 한가운데에는 여섯 개의 계단 위에 둥근 제단이 있고 그 주위를 여섯 개의 높은 기둥이 감싸고 있었다. 하늘을 향해 시원스럽게 쭉 뻗은 여섯 기둥은 정말 대단해 보였다.

'세상에, 이렇게 건축 기술도 뛰어나고, 전기 기술에다 가상현실 기술도 대단한 사람들이 어떻게 굶주림과 질병엔 그렇게 무력하지?'

노빈손은 정말로 이해하기 힘들었다.

"아노 사제님, 오랜 예언의 노래를 들려주실 수 있겠습니까?"

넘발키네는 아노 앞으로 다가가 머리를 조아리며 말했다. 눈을 치켜뜨고 야단을 치던 아까의 넘발키네의 모습은 도저히 찾아볼 수 없었다. 아노 역시 언제 그런 일이 있었냐는 듯이 근엄한 표정으로 넘발키네의 인사를 받았다.

"피식~ 큭!"

너무나 어색한 두 사람을 보며 터져 나오는 웃음을 참지 못하고 노빈손이 신음에 가까운 소리를 내자 아노의 얼굴이 잘 익은 복숭아처럼 붉어졌다.

"마음을 가다듬고 몸을 단정히 해주십시오."

아노가 약간 떨리는 목소리로 말했다. 넘발키네와 노빈손은 노래를 듣기 위해 의자에 앉아 무릎 위로 가지런히 손을 모았다. 아노는 제단에서 내려와 신전의 안쪽으로 걸어갔다. 거기에는 짙은 갈색 의자와 커다란 하프가 있었다. 하프는 은은하면서도 신비롭게 빛났다. 노빈손이 아노를 처음 봤을 때와 같은 느낌이었다.

아노는 의자에 앉아 하프를 켜며 조용히 노래를 부르기 시작했다. 하프의 선율이 귀와 가슴으로 스며들었다. 하프와 아노의 맑은 목소리가 둥근 천장을 타고 온 신전 안에 울려 퍼졌다. 아노의 목소리에서 어딘지 모를 슬픔이 느껴졌다. 그 노래는 수천 년 동안 아노 집안의 여자들에게 전해져 내려온 것이라고 했다.

밤보다 어두운 짙은 눈보라, 끝없이 쉼 없이 우리는 나아가네

해보다 붉게 별보다 눈부시게, 〈생명의 땅〉 그곳으로 우리는 가네

행복이 오기 전에 가버린 사람, 희망의 꽃 피기 전에 떠나간 사람

그러나 우리는 멈추지 않네, 〈생명의 땅〉 그곳으로 우리는 가네

……

노래는 아이스케키 공화국을 세운 선조들의 고난을 담고 있었다. 아노의 얼굴은 붉게 달아올랐고 입술은 파르르 떨리는 것 같았다. 노빈손은 가슴이 울렁거렸다.

……

어깨마다 짊어진 지혜의 벽돌, 세상 모든 지혜는 여기 있노라

이 얇은 종이에 희망 있으니, 언젠가 찾아올 구원의 사자여

이 얇은 종이에 희망 있으니, 0과 1에 희망은 있지 않으리

노래는 수수께끼 같은 가사로 끝을 맺었다.

"이 얇은 종이에 희망 있으니, 0과 1에 희망은 있지 않으리."

노빈손은 희한한 가사를 한 번 더 되뇌어 보았다.

"넘발키네 아줌마, 얇은 종이에 희망이 있다는 게 무슨 말이에요?"

넘발키네는 노빈손의 말에 아무런 대답도 하지 않았다.

"아노 사제님, 그것도 보여주실 수 있겠습니까?"

대신 아노에게 영문을 알 수 없는 소리를 했다.

'뭘 보여준다는 거지?'

아노는 조금 긴장한 표정으로 자리에서 일어났다.

"따라오십시오."

아노는 넘발키네와 노빈손을 신전 안쪽 깊숙한 곳에 있는 방으로 안

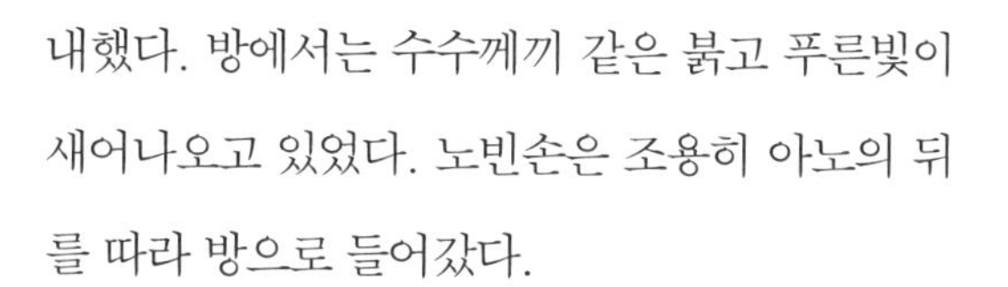

내했다. 방에서는 수수께끼 같은 붉고 푸른빛이 새어나오고 있었다. 노빈손은 조용히 아노의 뒤를 따라 방으로 들어갔다.

"어, 어……?"

노빈손은 입을 다물 수가 없었다.

"영판 메주 튀김 같은 얼굴이야. 놀랍지?"

넘발키네는 아주 신기하다는 듯한 표정으로 노빈손에게 말했다.

"이, 이게 도대체……."

노빈손은 말을 잇지 못했다.

"그래, 총각. 놀랄 만도 하지. 이건 총각의 초상화야. 7천 년 전에 그려졌다는……."

'뭐, 7천 년 전? 그렇다면 서기 5003년? 아니 어떻게 그때 내 초상화가 그려졌지? 말도 안 돼.'

노빈손의 머릿속은 누가 지우개로 빡빡 지운 거마냥 하얘졌다.

"어울리지 않게 좀 슬퍼 보이지만 영락없는 메주 튀김, 노빈손 표 얼굴이야."

아노가 입을 열었다. 아주 맑고 엄숙한 목소리가 방 안을 가득 채웠다.

"옛날부터 우리 집안 여자들은 이 초상화 앞에서 그 노래를 전수받았습니다. 아노 이누이트가 직접 그렸다는 이 초상화 앞에서요."

초상화

초상화는 오늘날과 같이 사진이 일반화되기 전까지는 사람의 얼굴이나 모습을 후세에 전하기 위하여 많이 그려졌다. 오래 전에 그려진 초상화는 역사나 풍속의 연구자료로 그 가치가 높이 평가된다.
고대에는 조각에 의한 초상이 대부분이었고 초상화가 성행하게 된 것은 르네상스 이후의 일이다. 동양의 초상화는 단순히 대상의 인물을 그리는 것이 아니라, 그 정신까지도 그리는 것을 목적으로 하고 있어, 서양의 초상화와는 차이가 있다.

종이의 발명
종이는 105년 후한의 채륜이 처음 발명. 나무껍질, 천 조각, 헌 그물 등을 돌 절구통에서 짓이겨 물속에 풀고 얇게 펼친 형태로 건져내어 종이를 만들었다. 종이는 그 전까지 쓰이던 대나무조각인 죽간, 비단을 대신하게 되었고, 서양에 전래되어서는 파피루스와 양피지를 대신하게 되었다. 고대 이집트에서 사용하기 시작한 파피루스는 갈대와 비슷한 식물인 파피루스(papyrus)의 줄기를 이용한 것으로 영어로 종이를 뜻하는 '페이퍼(paper)'의 어원이다.

노빈손은 한동안 멍하니 자신의 초상화를 들여다봤다. 두렵고 신비한 그림이었다.

"이 얇은 종이에 희망 있으니, 언젠가 찾아올 구원의 사자여……."

노빈손은 노래의 마지막 구절을 다시 읊조려 보았다.

"이 얇은 종이에 희망 있으니, 0과 1에 희망은 있지 않으리."

방 안에는 잠시 침묵이 흘렀다.

"그러니까, 이 얇은 종이가 희망이니까, 종이 위에 그려진 제가 구원의 사자라는 뜻이로군요."

노빈손은 떨리는 목소리를 애써 진정시키며, 아주 진지하게 물었다.

"바로 그렇습니다. 지혜의 보고를 열 사람은 바로 당신뿐입니다."

아노 역시 참으로 진지하게 대답해 주었다.

"지혜의 보고? 아노, 그게 무슨 말…씀인가요?"

노빈손은 무심결에 반말을 쓰려다 존댓말로 바꿨다.

"우리 인류를 멸망에서 구할 오랜 지혜가 담긴 비밀의 방이라고 들었습니다. 이누이트는 언젠가 그 방을 열 사람이 찾아올 것이라고 말씀하셨지요. 제가 아는 건 그것뿐입니다."

"그, 그게 바로 저란 말씀인가요?"

노빈손은 떨며 되물었다. 아노는 단호한 목소리로 대답했다.

"그렇습니다."

또다시 긴 침묵이 흘렀다.

"아노 사제님……."

넘발키네가 먼저 입을 열었다.

"이제 노빈손님을 의사당으로 모셔 가도록 하십시오."

말이 떨어지기가 무섭게 아노의 표정이 어두워졌다.

"저는 가지 않으면 안 될까요?"

"사제님, 지혜의 보고로 가는 문은 의사당에 있습니다. 그리고 하데스 신께서 보내주신 구원의 사자를 그곳으로 안내해야 할 사람은 바로 사제님이십니다."

늘 다정다감하고 호들갑스럽던 넘발키네의 목소리에서 거부할 수 없는 카리스마가 느껴졌다.

하늘에 뜬 국회의사당

아노와 넘발키네는 신전 안에 있는 다른 방으로 노빈손을 안내했다. 거기에는 길고 매끈한 봅슬레이처럼 생긴 전차 한 대가 놓여 있었다. 차 앞에는 좁다랗고 아주 매끄러워 보이는 터널이 길게 뚫려 있었다.

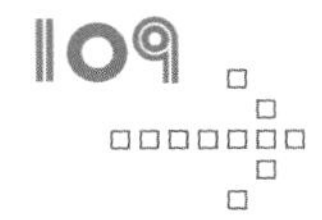

하품은 왜 하는 걸까?
동물들도 사람처럼 입을 크게 벌리고 하품을 하는데, 하품을 통해 뇌의 특정부위에 전기자극을 준다고 한다. 하품은 나른한 상태에 있는 사람을 깨우거나 뇌의 기능을 증가시키려는 무의식적 수단이다. 또한 긴장을 풀게 하거나 휴식을 권하며 우리가 잠을 자도록 준비하게 하거나 재촉하는 기능도 있다고 한다.

아마도 산봉우리 속으로 뚫려 있는 것 같았다. 노빈손은 자기도 모르게 중얼거렸다.

"아이스케키 공화국은 먹는 것과 병 치료만 빼면 뭐든지 잘하는 것 같아."

아노와 넘발키네는 전차에 올라타면서부터 아무 말이 없었다. 전차는 작은 떨림도 느낄 수 없을 정도로 부드럽게 움직였다.

"으아함~!"

너무나 조용해서 지루할 지경이었다. 노빈손이 긴 하품을 했다. 유리로 된 전차의 천장을 보니 터널이 아주 잘 다듬어진 얼음으로 되어 있다는 걸 알 수 있었다. 노빈손은 이렇게 좋은 얼음이 많은데 사람들이 얼음 부족으로 고생한다는 게 믿기지 않았다.

한 5분쯤 지났을까, 노빈손은 궁금증 때문에 가슴이 답답해서 결국 입을 열고야 말았다.

"넘발키네 아줌마, 지혜의 보고에 대해 더 아는 것 좀 없어요?"

넘발키네의 태도가 아주 진지했다.

"노빈손님, 나중에 다 알게 될 것입니다."

넘발키네는 병원에서부터 계속 심각한 표정을 짓고 있어 쉽게 말을 걸기가 힘들었다.

'정말 대단한 곳에 가는 모양이네.'

앞에서 뭔가가 빛나고 있는 것을 발견한 순간, 전차가 조용히 멈췄다. 전차 바깥에 얼음 터널의 입구가 보이지 않았다면 아마 멈췄다는 사실도 몰랐을 것이다.

"일어나세요. 여기서부터는 걸어가야 합니다."

아노는 낮고 조용한 목소리로 말했다. 노빈손은 아노와 넘발키네가 말없이 터널 밖으로 걸어 나가자 그들을 따라갔다.

"이, 이게 뭐야!"

노빈손이 깜짝 놀라 넘발키네를 붙잡았다. 아무 생각 없이 따라가다 보니 자기가 허공 위에 떠 있는 것이 아닌가. 발바닥엔 아무런 감촉도 느껴지지 않았고 발 밑은 바닥이 보이지 않는 시커먼 계곡이 한도 끝도 없이 이어진 낭떠러지였던 것이다.

노빈손의 얼굴이 허옇게 질려 버렸다.

"이거 무중력 터널인가요? 아님 거짓말하면 밑으로 떨어지는 그런 터널이에요? 아니 이게 대체 웬일이야! 제발 뭐라고 말 좀 해주세요!"

넘발키네를 꽉 붙잡은 손에 있는 힘껏 힘을 준 채, 노빈손은 오들오들 다리를 떨며 쉴새없이 말을 쏟아냈다.

아노는 당황하는 노빈손을 힐끗 보더니 한마디 던졌다.

"유리터널이에요."

잘 만져 보니 정말 유리였다.

"어, 정말 유리네?"

그저 놀라울 뿐이었다. 너무나 투명하고 감촉도 잘 느껴지지 않아서 허공이라고 생각했던 것이다.

갑자기 소나기처럼 눈발이 퍼붓기 시작했다. 눈은 둥근 유리터널 위에 쌓이지도 않고 미끄러지듯 저 깊은 낭떠러지 아래로 떨어졌다. 전기 기술만 대단한 줄 알았는데 유리를 만드는 기술도 대단한 것 같았다.

하지만 놀라운 것은 그것으로 끝이 아니었다. 저 앞에 거대한 의사당 건물이 보였다. 의사당은 쏟아지는 눈발 속에서 예리한 광선 검처럼 빛났다. 눈보라 속에 우뚝 선 히말라야의 산봉우리 같은 세 개의 거대한 뾰족탑과 그것들을 둘러싼 세 개의 둥근 띠가 노빈손의 눈을 온통 사로잡았다. 둥근 띠는 마치 은빛 모래로 만든 것처럼 알알이 반짝거렸다.

궁전의 아래에는 거대한 산봉우리들에 둘러싸인 깊은 낭떠러지가 펼쳐져 있었다. 아마도 궁전은 봉우리들 사이에 십자로 가로놓인 다리 위에 자리하고 있는 것 같았다.

"눈이 내리지 않는 날에는 마치 하늘에 떠 있는 것처럼 보인답니다."

넘발키네가 기가 질린 노빈손에게 조용히 말했다.

휘황찬란하게 빛나는 의사당의 조명은 사람이 생각할 수 있는 가장 차가운 느낌을 주었다. 두툼한 외투를 걸쳤건만 노빈손은 무언지 모를 한기에 몸서리를 쳤다. 의사당의 모든 벽과 조명은 마치 거울과 다이아

몬드와 수정만 써서 만든 것처럼 투명하게 빛을 발했다.

유리터널 바깥은 미친 듯이 휘몰아치는 눈보라로 현기증이 날 만큼 어지러워 보였지만 세 사람이 걷고 있는 터널 안쪽은 무서울 정도로 조용하기만 했다. 일부러 발바닥에 힘을 주어 걸었지만 걷는 소리조차 들리지 않았다. 세 사람은 말없이 한참을 걸어갔다.

넘발키네가 멍하니 앞서 걸어가던 노빈손을 붙잡았다. 그리고 아주 근엄한 목소리로 거대한 출입구에 대고 외쳤다.

2000년 전에도 자동문이 있었다

2000년 전의 자동문은 알렉산드리아의 헤론에 의해 만들어졌다. 그가 고안한 자동문의 원리는 제단에 불을 붙이면 공기탱크 속의 공기가 팽창하여 물탱크의 물을 밀어내고 양동이를 무겁게 한다. 무거워진 양동이의 힘으로 문을 여는 것이다. 반대로 문을 닫을 때는 불을 끄면 팽창했던 공기가 다시 수축해서 양동이의 물을 끌어들여 양동이가 가벼워지므로 문이 닫히게 된다.

"하데스 신이시여, 세상 무엇보다 순결하고 온 우주에 빛나도록 성스러운 당신의 거처인 하데스 산에 부정한 발걸음을 내디딘 저희를 용서하소서. 의원 여러분, 사제 아노와 함께 넘발키네가 회의 소집을 요구합니다."

순간 휘잉 하는 소리와 함께 문이 열렸다. 문 안쪽은 검은 페인트로 칠해 놓은 것처럼 어두컴컴했다. 들어가기가 겁이 날 정도로 어두웠지만 넘발키네와 아노는 아무렇지도 않은 듯 조용히 발걸음을 옮겼다. 노빈손도 얼떨결에 안으로 들어섰다. 그러자 세 사람의 주위에만 환한 불이 켜졌다.

인류는 영원할까 1

소행성 때문에 공룡이 멸종했다구?

20세기에 있었던 소행성의 지구 충돌

1908년 6월 30일 새벽, 시베리아 퉁구스카 지역에 엄청난 폭발이 있었다. 순간적으로 나무들이 불타올랐고, 5km 이상 떨어진 곳에서도 나무들이 나란히 한 방향으로 쓰러졌다. 더 먼 곳에서도 사람들이 하늘로 날아올랐다 떨어질 정도의 충격이 전해졌다.

서울 면적의 3배에 달하는 주변의 숲 2,072km^2가 파괴되었다. 폭발로 인한 먼지들이 바람을 타고 먼 곳까지 퍼졌고, 먼지들이 빛을 산란시켜 이틀 후에는 1만 km 떨어진 런던에서 한밤중에 신문을 읽을 수 있을 정도로 그 일대가 밝아졌다고 한다.

폭발의 중심부에 크레이터(달과 같은 위성이나 화성 같은 행성의 표면에 널려 있는 크고 작은 구멍)가 생기지 않아 사람들이 여러 가지 추측을 했다. 조그만 블랙홀이 지구를 통과했느니, 외계인의 우주선이 충돌했느니 하며 말이다.

지금까지의 연구 결과에 따르면, 그것은 지름 60m 정도의 가스를 품은 소행성 또는 혜성이 폭발한 것으로 알려지고 있다. 대기권을 지나면서 공기와의 마찰로 인해 생긴 뜨거운 열 때문에 지구와 충돌하기 전에 폭발했다는 것이다.

앞으로도 소행성은 지구에 계속 충돌할 것이고, 언제 어느 곳에 떨어질지도 미지수다. 지구엔 소행성이 충돌하는 바람에 생긴 160여 개의 거대한 운석 구덩이가 곳곳에 곰보자국처럼 남아 있다.

공룡 멸종의 원인, 핵겨울

지상의 왕자로 군림하던 공룡이 어느 날 갑자기 모습을 감췄다.

그 원인을 놓고 많은 연구가 이뤄졌고, 아직도 몇 년에 한 번씩 새로운 가설이 나오고 있다. 그중에서도 가장 유력한 것은 소행성 충돌설이다.

6500만 년 전 지름 10km의 소행성이 지구에 충돌했다. 지름이 10m 정도 크기라면 지구와 충돌하기 전에 타버렸겠지만 너무나 거대한 소행성이라 지구는 속수무책으로 당하고 말았다.

그리곤 핵겨울이라고 불리는 기나긴 어둠과 추위가 찾아왔다.

그렇다면 핵겨울이 어떻게 공룡을 멸종시킬 수 있었을까?

실마리는 1971년 최초의 화성탐사위성 마리너9호에서 시작되었다. 화성 표면의 온도가 강한 폭풍에 의한 모래 먼지 때문에 급격하게 떨어진다는 사실을 밝혀낸 것이다. 화성처럼 지구도 소행성 충돌이나 핵폭발이 일어나면 그로 인해 공중으로 올라간 엄청난 양의 먼지가 햇빛을 막아서 지구를 차갑게 할 것이라는 추측을 하게 되었고, 이로부터 '핵겨울' 가설이 시작되었다.

핵겨울 가설에 따르면, 대규모의 핵전쟁이나 거대한 소행성이 충돌하고 나면 두 달쯤 후에 우리나라가 속해 있는 북반구의 중위도 지방이 북극 정도의 기온으로 떨어진다고 한다. 핵폭발에 의한 먼지와 산림이 타면서 생긴 연기가 지구에 막을 만들어 햇빛을 막아 버리기 때문에 영하 45도의 혹독한 추위가 찾아온다는 것이다.

문제는 추위에 그치지 않는다. 엄청난 추위로 농사는 엉망이 되고, 광합성을 못 한 식물이 죽어 가면서, 식물을 먹고 사는 초식동물이 죽고, 초식동물을 먹는 육식동물들이 죽어 갈 것이다. 물론 사람도.

아마 공룡도 그렇게 죽어 갔을 것이다.

그런데, 모든 과학자들이 핵겨울에 동의하지는 않는다. 핵전쟁이 일어나면 처음에는 지구의 기온이 떨어질 거라는 사실에는 동의해도 핵겨울로 얼마나 추워질지, 핵겨울이 얼마나 오래 갈지, 핵겨울이 인류와 지구의 생태계에 어떤 영향을 줄지에 대해서는 의견이 분분하다.

하지만 너무 겁 먹지는 말자. 천문학자들의 말에 따르면 거대한 소행성의 충돌은 1억 년에 한 번 있을까 말까 하다니까 말이다.

6500만 년 전 소행성 충돌의 증거

소행성 충돌의 첫번째 증거는 1980년대초에 나왔다. 공룡이 멸종했던 시기의 지층에서 지구에선 거의 찾아보기 힘든 이리듐 등의 백금족 원소가 발견된 것이다.

이것은 이 시기에 이리듐을 포함한 소행성이 지구에 충돌했다는 유력한 증거로 여겨졌다. 이리듐의 양으로 볼 때 소행성의 지름은 약 10km 정도로 추측되었다.

두 번째는 충돌 크레이터의 발견이다. 거대한 소행성의 충돌은 지름 100km가 넘는 거대한 크레이터를 만든다.

하지만 같은 시기에 그렇게 큰 크레이터의 흔적은 지구 어디에도 없었다. 그 이유는 1991년에야 밝혀졌다. 바로 땅속에 묻혀 있었던 것이다. 충돌 당시에 바다였고 지금은 두꺼운 퇴적층으로 덮인 그 지역은 멕시코 유카탄 반도의 북서쪽이었다. 위성탐사와 땅속의 중력 변화, 지질구조 연구를 종합해 땅속에 숨은 크레이터를 찾아낸 것이었다.

세 번째 증거는 충돌 지점에서 '텍타이트(tektite)'가 발견되었다는 것이다. 소행성이 충돌하면서 일부분이 순간적으로 녹아서 대기 중으로 흩어졌다가 공중에서 식어, 딱딱하게 굳어진 유리 모양의 물질을 '텍타이트'라고 부른다.

지름 1mm 이하의 텍타이트가 카리브 해와 뉴저지 지역에 있는 공룡 멸종 시기의 지층에서 발견되었다.

둥근 불빛에 싸인 아노의 모습은 더욱 신비스러워 보였다. 넘발키네도 마치 딴 사람처럼 보였다. 아노가 조용히 두 팔을 벌리더니 약간 떨리는 목소리로 말했다.

"의원들이시여, 하데스 신전의 사제 아노는 여러분과의 약속에 따라 오랜 전설이 예언한 구원의 사자 노빈손을 모셔왔습니다. 부디 지혜의 보고를 열어 주소서. 그리하여 잊혀진 지혜를 부활시키고 인류에게 새로운 생명을 주게 하소서."

그 순간, 어두컴컴한 회의장에 핑 하는 소리와 함께 둥근 불빛 하나가 나타났다. 그 불빛을 받은 채 한 사람이 서 있었다. 아노처럼 온통 새하얀 옷을 입고 있었다. 투명하다는 느낌이 들 정도로 고귀해 보이는 남자였다. 쳐다보기만 해도 기가 죽는 것 같았다. 넘발키네보다 스무 살은 많아 보이는 그 남자는 아노를 보며 조용히 말했다.

"아노 사제, 오랜만이군."

"제오스 의장님, 안녕하십니까?"

아노가 시큰둥한 목소리로 인사를 건넸다.

"그대가 실수를 저질렀군."

제오스 의장은 나타나자마자 자기 이름처럼 이상한 소리를 지껄여댔다.

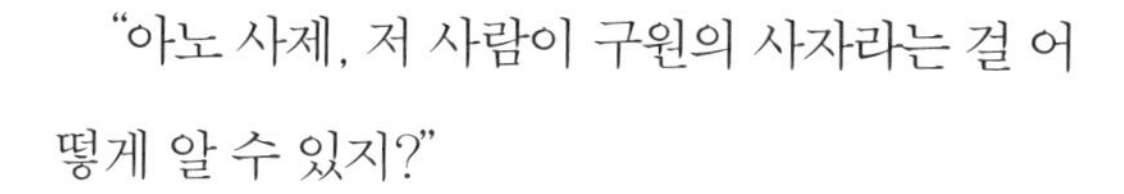

"아노 사제, 저 사람이 구원의 사자라는 걸 어떻게 알 수 있지?"

아노는 갑작스런 질문에 약간 당황한 듯 보였다. 하지만 금세 단호한 목소리로 대답했다.

"제오스 의장님, 하데스 신전에 붙어 있는 신성한 초상화를 보셨다면 그런 말씀을 못 하실 텐데요. 그리고 무엇보다……."

핑!

갑자기 둥근 불빛 하나가 더 생겨나는 바람에 아노의 말소리가 묻혀 버렸다. 이번엔 넘발키네와 비슷한 나이로 보이는 남자였다.

머리카락 색
머리카락은 멜라닌이라는 색소에 따라서 결정되는데 이 색소는 흑갈색을 나타내는 '유 멜라닌'과 노란색, 또는 빨간색을 띠는 '페 오 멜라닌', 이렇게 두 가지가 있다. 머리카락이 은빛을 띠는 아플로는? 나이가 들어 자연스럽게 멜라닌 색소가 줄어든 것이 아니라면 멜라닌 색소가 만들어지지 않는 병인 '백피증'일 확률이 높다. 이 병에 걸리면 피부도 멜라닌 색소가 없기 때문에 부분부분이 투명한 피부를 갖는다.

"아, 아플로……?"

넘발키네는 갑자기 나타난 남자를 당혹스런 표정으로 쳐다봤다.

'아까는 제오스, 이번엔 아플로……? 쿡, 정말 이상한 이름들뿐이군.'

은빛으로 빛나는 머리에, 피부가 아주 매끄러워 보였지만 조금은 건방져 보이는 그 남자는 싸늘한 눈초리로 넘발키네를 바라봤다.

"닐리리……."

"아플로 의원, 넘발키네 의원의 이름도 못 외우는가?"

제오스가 아플로의 말을 중간에서 잘라 버렸다.

"제오스 의장님, 넘발키네 의원, 죄송합니다."

아플로는 머리를 조아리며 정중히 사죄했다. 그러나 다음 순간 목소리를 확 바꾸더니 따발총처럼 지껄여대기 시작했다.

"아노 사제, 생긴 게 비슷하다고 다 구원의 사자는 아니지. 외모가 비슷한 사람이야 얼마든지 만들어낼 수도 있어. 이걸 보라고."

핑 소리와 함께 둥근 불빛이 또 하나 생겼다. 그 안에는 아플로 의원과 똑같이 생긴 사람이 서 있었다.

"그건 진짜 인간이 아니죠. 가상현실일 뿐이죠."

아노는 기 죽지 않고 맞받아쳤다. 하지만 아플로 의원은 기세등등한 얼굴로 계속 말을 이어갔다.

"좋아, 그렇다면 한번 시험을 해보자. 내가 지혜의 보고로 들어가는 예비 화면을 열어 보겠다."

그러자 제오스가 아플로에게 외쳤다.

"아플로 의원, 함부로 지혜의 보고에 손을 대지……."

"뭘 두려워하십니까, 제오스 의장님! 저 메주 튀김 같은 녀석이 정말 신이 보낸 구원의 사자라고 믿기라도 하시는 겁니까?"

늙은 제오스는 아플로의 기세등등한 반문에 입을 다물고 말았다.

핑!

아플로가 손가락으로 허공을 가리키자 허공에서 뭔가가 나타났다. 여자의 얼굴 같았다. 여자의 영상이 입을 열었다.

"무엇을 원하십니까?"

'와우! 얼굴만 예쁜 게 아니라 목소리도 죽여준다.'

노빈손은 잠시 넋을 놓고 허공에 뜬 여자의 영상을 바라봤다.

"노빈손, 너를 부르고 있지 않느냐!"

아플로의 가늘고 허스키해서 온몸에 소름이 쫙쫙 돋게 하는 목소리를 듣자 노빈손은 정신이 번쩍 들었다. 그리고 진지한 표정으로 여자의 영상을 다시 바라보았다.

컴퓨터의 운영체제

컴퓨터는 소프트웨어가 없다면 무용지물이다. 그런데 이런 소프트웨어 중에서도 정말 기본이 되는 것이 있으니 이름 하여 운영체제라고 하는 것이다. 윈도우나 리눅스 등이 바로 운영체제이다. 이 운영체제는 하드디스크, CPU, 메모리, 그래픽 카드, 사운드 카드 등 컴퓨터의 핵심 하드웨어가 워드프로그램이나 게임, 인터넷 프로그램 등의 명령을 수행할 수 있도록 제어한다. 한 나라로 치자면 정부와 같은 역할을 하는 것이라 하겠다.

"검색 요청이 승인되었습니다."

"뭐, 뭐라고……?"

어안이 벙벙해진 노빈손의 얼굴과는 대조적으로 넘발키네와 아노의 얼굴은 순간 환하게 밝아졌다. 아플로와 제오스의 눈은 심하게 흔들렸다. 무척 당황하고 놀란 모양이었다.

"저는 마인드 커뮤니케이션 운영시스템 컴퓨터입니다."

여자의 영상은 묻지도 않았는데 계속 말을 했다.

'컴퓨터라고? 디지털 정보는 대부분 파괴되었다고 그랬잖아?'

노빈손은 속으로 생각했다.

"저는 당신의 마음을 읽고 대화할 수 있는 운영시스템을 갖춘 가장 진보된 컴퓨터입니다."

컴퓨터는 노빈손의 속마음을 읽는 듯했다.

'와 어쨌든 대단하다. 정말 지혜의 보고라고 부를 만도 하네…….'

디지털 영상은 계속 말을 해댔다.

"제 이름은 MC-2560입니다. 서기 2560년에 제작되었으며, 56세대 인공지능 CPU와 9세대 디지털 복합 저장기술을 채택하였습니다."

이름이야 상관할 바가 아니었다. 오직 병 치료 지식만을 알면 그만이었다. 그런데 아폴로와 제오스는 여전히 사색이 된 얼굴로 노빈손을 보고 있었다.

'저 사람들은 아까부터 왜 자꾸 이상한 얼굴로 나를 보는 거야.'

노빈손은 곁눈질로 두 사람을 째려봤다.

"의학 분야의 데이터는 검색이 불가능합니다."

엥?

마음을 읽는 컴퓨터는 다시 한 번 노빈손을 깜짝 놀라게 했다. 넘발키네와 아노 역시 당혹스런 표정을 지었다.

"왜, 왜 안 되는 거지?"

컴퓨터가 갑자기 이상한 반응을 보이기 시작했다.

"치치치치! 1초당 약 1페타바이트씩 손상되고 있습니다."

깜짝 놀란 노빈손이 외쳤다.

"안 돼, 접속 해제!"

"데이터 파괴를 막을 수 없습니다. 명령을 거부하고 전원을 자동 차단합니다."

핑 소리와 함께 컴퓨터가 꺼져 버렸다. 노빈손과 넘발키네, 아노는 어이가 없어 입을 다물지 못했다.

잠시 침묵이 흘렀다.

사색이 되어 있던 아플로의 얼굴이 환하게 밝아지더니 이죽거리기 시작했다.

"하하하, 아노 사제, 그리고 닐리, 아니 넘발키네 의원. 아무래도 사람을 잘못 고른 모양이야."

아노와 넘발키네는 아무 말도 못 하고 입을 꾹 다물고 있었다.

"히히히, 내가 거듭 말했잖는가? 아이스케키 공화국이 겪고 있는 이 재앙은 하데스 신께서 내린 시험이라구."

'뭐, 시험? 귀신 씨나락 까먹는 소리 하고 있네.'

"잊지 마라, 나약한 자들이여! 7천 년 전, 우리의 조상들은 지금보다 더욱 끔찍한 시련을 이겨내며 아이스케키 공화국을 건설했다. 그분들이 그랬던 것처럼, 우리들 가운데 오직 강한 자만이 살아남아 하데스 신의 선택을 받을 것이다. 우하하하!"

'이건 완전히 김밥 옆구리에서 원자폭탄 터지는 소리잖아.'

노빈손은 제대로 먹지도 못하고 치료받지도 못하고 고통 받는 아이

페타바이트
페타(P)는 10^{15}, 즉 10의 15제곱을 말한다. 따라서 1페타바이트는 1,000조 바이트이다. 10의 3제곱은 킬로(k), 10의 6제곱은 메가(M), 10의 9제곱은 기가(G), 10의 12제곱은 테라(T)라고 한다. 그러니까 1페타바이트의 데이터는 10기가 용량의 하드디스크 10만 개가 꽉 채워진 분량이다.

들이 떠올라 화가 치밀었다.

"이봐요, 뺀질이 의원님. 시험이라니 무슨 헛소리야! 당신은 얼음이 남아도는 좋은 궁전에서 살다 보니 눈에 보이는 게 없는 모양이지. 나 같으면 이렇게 엄청난 궁전을 만들 힘과 얼음으로 불쌍한 아이들을 돌보겠어!"

해놓고 보니 구구절절 옳은 말뿐인 것 같았다.

"뭐라고? 메주를 서너 번 튀긴 것처럼 흉하게 생긴 녀석이 나 같은 고귀한 꽃미남에게 감히 말대꾸를 하다니, 용서할 수 없다!"

"뭐야, 아니 네 녀석이 날 언제 봤다고!"

배가 고프고 아파서 스트레스가 잔뜩 쌓였던 노빈손은 순간 이성을 잃고 넘발키네의 제지마저 뿌리치고 아플로에게 달려들었다.

이얏~!

노빈손은 이단 옆차기를 해서 허연 얼굴을 통쾌하게 강타했다.

'아자! 이런 세 곱으로 왕재수인 녀석은 좀 맞아야 정신을 차리지!'

"어라?"

그냥 얼굴이 뚫려 버렸다. 아니 이 무슨 엽기적인 사태? 노빈손의 발길질이 그렇게 강했단 말인가?

아차, 가상현실 영상이었다. 너무나 진짜 같은 모습이라 노빈손은 또 속고 말았던 것이다. 정말이지 아이스케키의 가상현실은 적응이 안 될 정도로 탁월한 것 같았다.

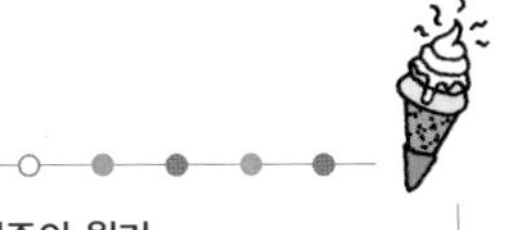

메주의 원리
간장과 된장에 사용되는 메주는 보통 음력 10월말쯤 콩을 물에 불려 쑤어서 메주덩이를 만들고 짚으로 매달아 이듬해 정월까지 통풍이 잘 되는 따뜻한 곳에서 띄운 다음, 이것을 볕에 바싹 말렸다가 정월 말부터 3월초 사이에 장을 담근다. 메주덩이를 따뜻한 곳에 보관하는 동안 볏짚이나 공기 속에 사는 여러 미생물이 메주덩이에 들어가 번식하게 된다. 이 미생물들이 콩의 성분을 분해할 수 있는 효소를 만들어낸다.

그때였다. 비열한 미소를 짓던 아플로의 손에서 푸른 광선이 뿜어져 나왔다.

"아야, 아야! 우이씨, 이런 데다 쓸 머리를 사람들 병 치료하는 데나 써라."

노빈손은 광선을 피해 이리저리 도망치기에 바빴다.

가만히 지켜보고만 있던 제오스가 근엄한 목소리로 말했다.

"아플로 의원, 어떠한 이유로도 폭력은 안 된다. 감히 신성한 의사당

게가 게거품을 뿜는 이유
흔히 흥분해서 얘기를 할 때 게거품을 물며 이야기한다고 한다. 그렇다면 정작 게가 진짜 게거품을 무는 이유는 뭘까? 누군가에게 열변을 토하고 있는 걸까? 아니다.
게들은 물이 빠진 다음 자기 몸의 온도를 조절하기 위해 거품을 뿜어 몸의 열을 발산하는 것이다.

에서 무슨 경거망동인가."

하지만 이번엔 아플로의 표정이 영 불만스러워 보였다.

"젠장, 능력도 없으면서 국회의장이라고……."

이 소리를 듣자 제오스의 얼굴이 돌하르방처럼 딱딱하게 굳었다.

"아플로, 귀족의원들의 첫번째 의무는 품위를 지키는 것이다. 그리고 아노 사제와 함께 온 자네, 도대체 이게 무슨 행패인가? 지혜의 보고로 들어가는 컴퓨터가 그대를 거부……."

아플로가 비아냥거리는 듯 눈을 아래로 내리깔며 제오스의 말을 잘라 버렸다.

"네까짓 녀석이 우리들 귀족에게 맞서 봐야 소용없어. 우리가 전부 다……."

순간 아플로의 말이 들리지 않았다. 녀석은 계속 떠들어대고 있었지만 말소리가 전혀 들리지 않았다.

"저 왕재수 녀석, 뭐라고 그러는 거야?"

아플로는 계속 게거품을 물고 떠들었다. 정말 생긴 건 파리가 앉았다가 미끄러질 정도로 느끼하게 생기고, 건방지기로는 2등가라면 서러워할 녀석이 말까지 많았다.

"그래, 이제부터 아플로 너는 왕재수다, 왕재수!"

제오스 의원은 잠시 아플로 의원을 노려보더니 손가락을 딱 튕겼다. 그러자 핑 하는 소리와 함께 아플로 의원이 사라져 버렸다. 제오스는 무서운 표정으로 중얼거렸다.

"아플로, 귀족의원의 두 번째 의무는 해선 안 될 말은 하지 않는 것이다."

아무래도 뭔가 아주 비밀스런 말을 아플로가 하려던 모양이었다.

제오스 의원은 다시 노빈손을 쳐다보며 말했다.

"그대도 봤다시피 지혜의 보고로 들어가는 컴퓨터는 그대를 거부했다. 그대는 분명 구원의 사자가 아니다."

노빈손은 뭐라고 반박을 하고 싶었다. 하지만 입이 떨어지질 않았다. 어쨌건 컴퓨터에게 거부당한 건 사실이었으니까.

핑! 핑! 핑!

갑자기 잇달아 불빛 세 개가 켜지면서 중년의 아저씨 세 명이 나타났다. 그들도 아플로 의원 못지않게 건방져 보였다.

"아노 사제, 늦어서 미안하군. 하지만 집에서 다 봤으니 괜찮겠지? 아무튼 자네가 데려온 저자는 구원의 사자가 아닌 것 같군."

'저 사람들도 귀족의원인가 보지?'

아노는 그들을 잠시 노려보더니 조용히 말했다.

"의원 여러분, 타임머신은 선택된 사람만이 탈 수 있다는 것을 아실

서릿발 현상이란?
겨울철 아침에 땅이 부풀어올라오는 현상. 부풀어오른 땅 속에는 지름 2~3mm, 길이 수 cm의 얼음 기둥들이 모여 있는 것을 볼 수 있다. 서릿발이 내릴 수 있는 좋은 조건은 기온이 약 영하 10도, 지표 부근의 온도가 어는점 가까이이고 땅 속의 수분이 약 30% 등이다.
서릿발은 작은 얼음기둥들이 밑부분에서부터 계속 얼어 올라오면서 생기는 것이다.

텐데요. 적어도 노빈손님은 당신들과 달리 타임머신을 탈 수 있습니다."

완전히 기가 죽었던 노빈손은 선택된 사람이라는 말에 기분이 조금 풀렸다.

하지만 온몸에 '나는 왕재수'라고 네온사인으로 광고하는 것 같은 의원들은 비웃으며 말했다.

"아노 사제, 도대체 타임머신을 탈 수 있다는 게 무슨 소용이 있지? 어쨌건 지혜의 보고는 저 메주 튀김을 거부했어."

의원들은 절대로 문을 열어 주지 않을 태세였다. 어쩔 수 없는 일이었다. 아노와 넘발키네의 얼굴에 절망의 그림자가 길게 드리워져 있었다. 씩씩거리는 노빈손의 손을 잡아끌고 의사당 출입문 쪽으로 걸어갔다.

아노는 의사당 밖으로 나가기 전, 고개를 돌려 의원들을 향해 조용히 말했다.

"의원들이여, 당신들은 고통 받는 아이스케키 사람들에게 무슨 도움이 됐습니까? 당신들에게 의원의 자격이 있는지 스스로에게 물어보십시오."

의원들은 아노의 서릿발 같은 말에 아무런 대꾸도 하지 않고 불을 끄며 사라져 버렸다. 의사당 안은 다시 칠흑처럼 어두워지고 아무런 소리도 들리지 않았다.

인류는 영원할까 2

히로시마 원자폭탄을 혼자 감당하라구?

세계2차대전을 끝냈던 핵폭발, 그리고 공룡을 멸종시켰다는 소행성 충돌은 과연 얼마만한 파괴력이 있을까?

핵폭발의 위력

먼저, 핵이 얼마나 무서운지 알아보자.

폭탄의 폭발력은 화약의 종류에 따라 다르기 때문에 흔히 TNT의 폭발력을 기준으로 해서, TNT 얼마의 폭발력과 같다는 식으로 나타낸다.

예를 들어, 세계2차대전 당시 일본 히로시마에 떨어진 원자폭탄은 20킬로톤(kton)의 위력이었다. TNT 1톤이면 20층 건물 정도를 폭파할 수 있으니까 20층 아파트 2만 채를 한꺼번에 날려 버릴 수 있는 폭발력이다.

일제에 항거하기 위해 윤봉길 의사가 사용한 도시락 폭탄은 수류탄 정도의 폭발력을 가졌었다는데 이런 폭탄은 5,000개가 있어야 TNT 1톤에 맞먹을 수 있다.

엄청난 위력의 수소폭탄은 하나만으로도 TNT 200만 톤에 해당하는 폭발력을 가지고 있다. 이것은 7년에 걸친 세계2차대전 동안 쓰인 폭탄의 양과 같다.

지금 지구상에는 무려 100억 톤도 넘는 핵폭탄들이 여기저기서 우리의 삶을 위협하고 있다.

소행성 충돌의 파괴력

그러나 이런 수소폭탄도 거대한 소행성의 파괴적인 폭발력과는 비교도 안 된다.

2002년 여름, 몇몇 천문학자들이 2019년 2월 1일 소행성 하나가 지구와 충돌할 가능성이 있다고 발표한 적이 있었다. 이 소행성은 지름이 2km였는데 이 정도 규모라면 대륙 하나가 날아가 버리고, 10억 명 이상이 사망할 것이라고 천문학자들은 주장한다. 충돌할 때의 폭발력은 수소폭탄 수백만 개가 한꺼번에 폭발하는 정도인 것이다.

그럼 공룡을 멸종시킨 것과 같은 지름 10km의 소행성이 초속 20km로 지구와 충돌한다면 어떻게 될까?

이때의 폭발 에너지는 히로시마 원자폭탄의 50억 개분에 해당한다. 전 세계 인구 한명 한명이 히로시마에 떨어진 원자폭탄을 혼자 감당해야 하는 셈이니 생각만 해도 끔찍한 일이다.

참, 폭탄 이야기가 나왔으니까 보너스 지식 하나. 요새 지뢰는 영화에서처럼 발을 떼는 순간 터지는 것이 아니라 밟자마자 터진다. 영화 「공동경비구역 JSA」는 잘못됐다구!

소행성 충돌의 파괴력과 충돌 확률

크기 (지름)	TNT 환산 위력 (Mton, 메가톤=1kton의 1천 배)	충돌 확률	충돌의 피해
10m	0.02	매년 1회	대기권 밖에서 폭발 인공위성 파괴
100m	50~100	1천 년 1회	대전 정도 크기의 도시 파괴 퉁구스카 운석 정도의 위력
200m	100~500	5천 년 1회	수도권 정도 크기의 대도시 파괴
500m	1,000~10,000	5만 년에 1회	한반도 남부 지방 크기 파괴 바다에 충돌하면 해일 발생
1.0km	10만	20만 년에 1회	한반도 규모 완전 파괴 전 지구적 재난에 해당 오랜 기후 변화를 가져옴
1.5km	100만	1백만 년에 1회	프랑스, 캘리포니아 규모 완전 파괴 약 10억 명 사망 오랜 기후 변화를 가져옴
10km	1억	1억 년에 1회	생물 종의 대량 멸종 인류 자체의 생존이 위험함

의사당과 하데스 산을 잇는 유리터널은 너무 조용했다. 노빈손과 아노, 넘발키네는 아무 말도 하지 않았다. 아노와 넘발키네의 표정은 절망이 가득한 처참한 모습이었다. 노빈손은 무슨 말이라도 해서 위로를 해주고 싶었지만 할말이 없었다. 모든 게 자기 탓 같았기 때문이다.

노빈손이 오랜 침묵을 깨고 입을 열었다.

"아줌마, 아니 저 사람들은 뭔데 자기들 맘대로 못 들어간다고 저러는 거예요. 그리고 남들은 죽어라고 고생하며 살고 있는데 왜 저 사람들은 좋은 음식에 좋은 땅을 다 차지하고 저렇게 살아요? 자기들이 가진 것만 공평하게 나눠도 아이스케키 사람들이 그렇게 고생할 필요가 없잖아요."

침을 튀겨 가며 열변을 토했지만 넘발키네와 아노의 표정은 여전히 침통한 채였다.

"아줌마, 왜 그렇게 침울한 표정이에요. 이따가 다시 가서 한판 더 붙자고요. 확실하게 이겨 보일 테니까. 아줌마 힘내요, 힘!"

"아저씨, 분위기 파악 좀 하세요. 저희 어머니가 왜 아저씨를 데려왔는데요. 아저씨의 힘으로 지혜의 보고를 열기 위해서였어요. 그런데 지혜의 보고가 아저씨를 거부했어요. 넘발키네 아줌마는 지금 그것 때문에 이렇게 침울해하시는 거예요. 다 바보 같은 아저씨 때문이니까

얼굴을 못 알아보는 사람?
영국의 링컨 홈즈라는 사람은 자동차 사고로 뇌손상을 당한 후 상대방의 얼굴을 식별하지 못하게 되었다. 상대의 얼굴을 눈으로 완벽하게 볼 수는 있지만 그 얼굴이 누구의 얼굴인지는 구분하지 못하며, 심지어는 자기 사진을 보여줘도 알아보지 못했다. 그러나 얼굴을 못 알아보는 것 말고는 생활에 아무런 문제가 없었다. 전문가들은 이 사람을 예로 들어 우리 두뇌에 얼굴 인식을 담당하는 특정한 영역이 있을 것이라고 믿고 있다.

좀 조용히 하세요!"

아노는 갑자기 울먹이기 시작했다. 조용히 있던 넘발키네가 아노의 어깨를 감싸안으며 등을 어루만졌다. 이 광경을 물끄러미 지켜보던 노빈손이 사뭇 진지한 얼굴로 입을 열었다.

"아노 사제, 난 지혜의 보고가 뭔지 잘 몰라. 하지만 처음부터 저 사람들이 지혜의 보고를 열어 줄 거라고 생각 안 했어. 아이스케키 사람들을 정말로 위하는 마음이 있었다면 지혜의 보고를 열어 줬겠지. 하지만 아까 그 아플론지 뒤플론지 하는 녀석이 했던 말 기억하지? 자기는 고생도 하지 않고 편하게 먹고 살면서 아이스케키 사람들이 당하는 고통을 신이 내린 시험이라고 말했잖아. 그 사람들은 절대로 지혜의 보고를 열어 줄 생각이 없어. 아니, 아이스케키 사람들을 고통에서 구할 생각 자체가 없는 거야."

넘발키네가 묘한 표정으로 노빈손의 얼굴을 뚫어져라 바라봤다. 노빈손은 기분이 우쭐해졌다.

'이렇게 멋진 말을 하다니 역시 난 정말 똑똑하다니까. 흐흐, 저 감탄하는 표정 좀 봐.'

하지만 넘발키네는 영 엉뚱한 소리를 했다.

"총각, 아까 그 몰골을 하고 의사당엘 갔었던가?"

"예, 제 얼굴이 어때서요?"

"쯧쯧, 그랬으니 망둥이도 아니고 메주를 기름에 튀긴 얼굴이라고 하지."

아니나 다를까, 유리에 비친 노빈손의 얼굴에는 땟국이 줄줄 흐르고 입가엔 침 자국이 허옇게 나 있고 눈에는 눈곱이 가득했다. 노빈손은 손으로 얼굴을 비비며 말했다.

"얼굴이 너무 지저분해서 컴퓨터가 거부했나?"

넘발키네가 조용히 말을 이었다.

"총각, 우리도 귀족들이 어떤 사람들인지는 알고 있어. 저들은 얼마 남지 않은 얼음과 차가운 땅, 신선한 음식을 독점하고 있지."

넘발키네의 말에 따르면 귀족들은 200년 전 대재앙이 시작됐을 때 남보다 먼저 차가운 땅을 차지하고, 어디선가 듣도 보도 못한 무기를 들고 와서 다른 사람들을 몰아내 버렸다고 한다.

"150년 전, 아이스케키에는 귀족의 독재에 저항하는 대반란이 일어났어. 귀족들은 정말 간신히 반란을 진압했지. 귀족 녀석들은 그때 이후, 어디서 알아낸 건지 모르겠지만 전기로 온갖 희한한 마술을 부리기 시작했어. 전기 식당도 그때부터 생겨난 거야. 정말 신기하게도 전기로 배고픔도, 아픈 것도 잠시나마 잊을 수 있게 되자 사람들은 그냥 귀족들에게 복종해 버렸어. 그러자 귀족들은 사람들의 불만이 높아질 때마다 전기오락실이며 영화관, 심지어 전기마약까지 온갖 신기한 것들을 하나씩 만들어 줬지."

'결국 귀족 녀석들은 사람들을 전기에 빠지게 만들어서 불만을 갖지 못하게 해왔다는 얘기로군.'

"물론 20년 전에 2차 대반란이 진압된 뒤에는 국회도 생겼지. 덕분에 나 같은 못난이가 평민들의 대표로 의사당에 들어가게 됐지."

넘발키네의 말하는 입이 부르르 떨려 왔다.

"하지만 귀족들은 의사당에 나타나지도 않지. 금단의 땅에 있는 집에서 가상현실 영상이나 보내는 엉터리 국회일 뿐이야."

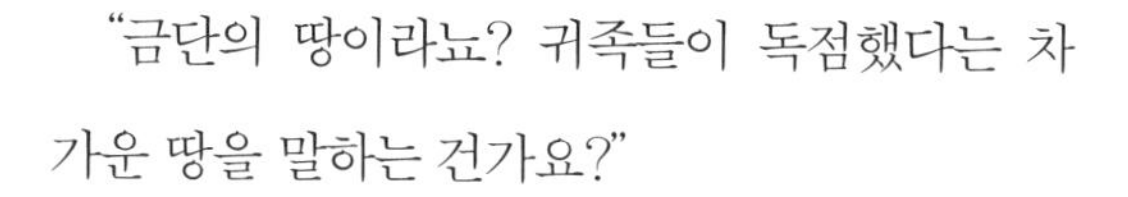

"금단의 땅이라뇨? 귀족들이 독점했다는 차가운 땅을 말하는 건가요?"

넘발키네는 길게 한숨을 내쉬며 고개만 끄덕였다. 침묵이 흘렀다.

"하지만 정말 영문을 모르겠군."

넘발키네가 다시 입을 뗐다.

"내 생각엔 아무래도 귀족들이 지혜의 보고를 멋대로 열어서 전기나 무기에 대한 지식을 얻었을 것 같은데, 지혜의 보고가 예언된 구원의 사자는 거부하다니……."

그러자 아노가 날카로운 목소리로 외쳤다.

"난 그 이유를 알아요. 예언이 틀렸던 거예요."

"아노, 너 지금 그게 무슨 소리냐?"

넘발키네는 어이가 없다는 듯 되물었다. 하지만 아노는 계속 외쳤다.

"예언 따윈 애초에 있지도 않았어요. 7천 년 전에 지혜의 벽돌을 쌓아 보고를 만들었다느니 하는 거, 전부 거짓말이야! 구원의 사자, 전부 거짓말이야!"

"아노, 네가 정말 하데스 신전의 사제가 맞느냐!"

흥분한 아노는 급기야 울음을 떠뜨렸다. 그때 갑자기 노빈손의 뇌리에 뭔가 번쩍 하며 스치는 것이 있었다.

벽돌은 언제부터 사용했을까?
벽돌은 6000년 전, 고대 메소포타미아에서부터 사용되었다. 처음엔 점토로 만든 벽돌을 태양열로 말렸지만, 벽돌을 굽는 가마가 발명되어 피라미드형의 거대 건축물인 지구라트는 구운 벽돌로 만들어졌다. 학자들에 따르면 구약성서에 나오는 '바벨탑'은 바빌로니아에 있었던 지구라트를 가리킨다.

"아노, 너 방금 뭐라고 그랬어?"

노빈손은 무섭게 눈을 치켜뜨고 다그치듯이 물었다.

"부, 분명히, 7천 년 전이라고 그랬지?"

"예? 예……."

아노는 놀랐는지 눈물을 뚝 그쳤다.

"너 아까 의사당에서 컴퓨터가 한 말 기억나니?"

"예? 아, 아니요."

노빈손은 넘발키네에게도 물었다.

"아줌마는 기억나세요?"

"총각, 영문을 모르겠네. 그건 갑자기 왜 묻는 거야?"

노빈손은 득의만만한 표정을 짓더니 말했다.

"컴퓨터가 그랬잖아요, 자기는 서기 2560년에 만들어졌다고!"

아노와 넘발키네는 한방 얻어맞은 듯했다.

"맞다, 내가 왜 그 말을 무심코 흘려들었지?"

"아저씨, 그렇다면 지혜의 보고는 5003년에 만들어진 거고 컴퓨터는 2560년에 만들어진 거니까 의사당에 있던 것은 지혜의 보고가 아니라는 말이에요?"

노빈손은 아노를 보며 힘차게 고개를 주억거렸다.

"맞아! 내 생각엔, 귀족 녀석들이 수천 년 동안 살아남은 컴퓨터 가운데 일부를 몰래 숨기고 있는 게 아닐까 싶어."

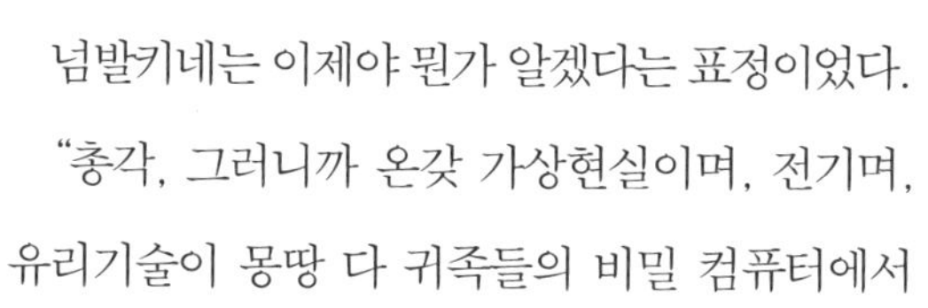

넘발키네는 이제야 뭔가 알겠다는 표정이었다.

"총각, 그러니까 온갖 가상현실이며, 전기며, 유리기술이 몽땅 다 귀족들의 비밀 컴퓨터에서 나왔다는 말이지. 지혜의 보고는 물론 열지 못하고."

"움움, 우화하하하하!"

노빈손은 통쾌함에 입이 찢어져라 웃었다.

"총가~악~."

넘발키네의 목소리가 흐물흐물대며 끈적끈적, 느끼하게 변했다.

'헉, 안 돼!'

"아줌마, 수, 숨, 숨막……!"

미처 방어자세를 취하지 못한 노빈손은 또 넘발키네의 온몸 조르기에 당하고 말았다.

연도의 기준은 뭘까?
서기는 그리스도 탄생을 기준으로 따진 연도. 단기는 신화 속에 나오는 우리 민족의 시조 단군할아버지의 탄생을 기준으로 따진 연도. 불기는 석가모니불 탄생을 기준으로 따진 연도. 서기 2003년은 단기 4336년, 불기 2547년이다. 재미있는 사실 하나. 현대 역사가의 연구에 따르면 그리스도가 태어난 해가 서기 3년 아니면 4년이라고.

21세기에서 가져오면 되잖아!

"아저씨, 미안해요……."

신전에 돌아온 아노가 다시 훌쩍였다. 넘발키네가 조용히 아노를 안 아주었다. 이를 지켜보던 노빈손의 가슴에 잠자고 있던 정의감이 불끈 솟아났다. 뭔가 도와야 할 것 같았고 도울 수 있을 것만 같았다.

"아노 사제, 타임머신으로 나를 돌려보내 줘."

아노가 놀라 울음을 뚝 그쳤다.

"초, 총각, 그, 그게 무슨 말이야?"

두 사람은 당황한 것 같기도 하고, 실망한 것 같기도 한 표정으로 노빈손을 쳐다봤다.

"그렇지요, 가세요……. 어차피 귀족들이 지혜의 보고는 열어 주지 않을 테니까……."

아노는 풀이 죽은 목소리로 대답했다.

"그래, 어차피 열어 주지 않을 테니까, 내가 21세기로 갈 거야."

노빈손은 아주 당당하게 대답했다.

"총각, 정말 소심하기 짝이 없는 사람이네. 어린아이가 싫은 소리 한 번 했다고 그렇게 쉽게 돌아가? 좋아. 가, 21세기로 가버려!"

넘발키네는 몹시 노한 목소리로 노빈손에게 외쳤다.

'아니, 이 아줌마가 왜 이리 사람 말귀를 못 알아듣고 이래?'

"도망가겠다는 뜻이 아니에요. 제가 어려움에 빠진 사람들을 나 몰라라 할 사람처럼 보이세요? 천하의 노빈손을 어떻게 보고."

아노는 축 늘어진 채 퀭한 눈으로 노빈손을 쳐다봤다. 모든 희망이 사라진 얼굴이었다.

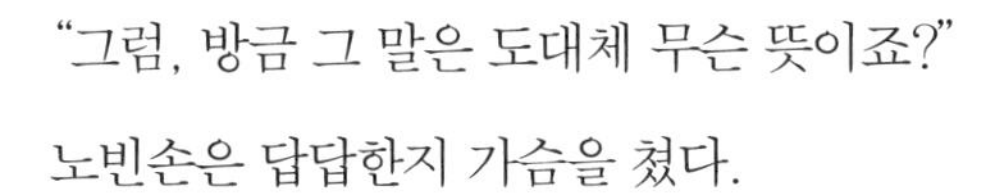

"그럼, 방금 그 말은 도대체 무슨 뜻이죠?"

노빈손은 답답한지 가슴을 쳤다.

"아노, 너 바보구나. 어차피 지혜의 보고에는 옛날 지식이 들어 있다며~! 내가 21세기로 가서 옛날 지식을 갖고 돌아오면 될 거 아냐!"

"총가~악~."

노빈손은 잽싸게 방어자세를 취했다.

"정말 멋진 생각이야!"

"당연하죠. 귀족들에게 문을 열어 달라고 사정만 할 필요가 없어요. 타임머신을 타고 21세기에 가서 더 좋은 지식들을 가져오면 되잖아요. 노빈손 가라사대, 막히면 돌아가라!"

넘발키네의 얼굴에 화색이 돌았다.

"아저씨, 너무 멋져요. 정말 믿을 수 있는 거죠?"

"아노, 넌 속고만 살았니? 내 이름이 뭐냐. 노, 빈손이야. 절대로 빈손으로 돌아오지 않는다니까."

이렇게까지 확신에 차서 얘기하니 아노의 얼굴도 조금 밝아졌다.

그랬다. 문을 열어 주지 않을 게 뻔한 귀족들에게 애걸해 봐야 소용없는 일이었다. 타임머신을 타고 옛날로 돌아가서 훨씬 좋은 지식을 갖고 돌아오면 되는 거였다. 넘발키네가 밝은 목소리로 아노를 재촉했다.

퀭한 눈
눈 주위 피부는 우리 몸의 피부 중 가장 예민하고 연약한 부위이며 얼굴의 다른 부위에 비해 5배 이상이나 얇기 때문에 미세한 자극에도 쉽게 손상을 입는다. 또 피부 노화가 가장 먼저 나타나는 부위이기도 하다.
피곤할 때 특히 눈 밑이 검게 보이는 이유는 자외선이나 기타의 자극으로 인해 멜라닌 색소가 많이 생기기 때문이다.

엄지손가락을 세우면?
말이 아니라 행동으로 의사소통을 하는 방법을 몸짓언어라고 한다. 그런데 같은 동작이라고 해도 나라에 따라 뜻이 다른 경우가 있다. 엄지손가락을 세우는 동작은 보통 최고를 뜻하지만, 영국이나 호주에서는 자동차를 세울 때 쓰는 동작이다. 하지만 그리스에서는 "가버려!", "조용히 해"란 뜻이니 주의할 것.

"아노 사제님, 아이들을 살려야 합니다. 어서 타임머신의 방으로 가세요."

"아노 사제, 나만 믿어!"

노빈손은 엄지손가락을 추켜올리며 눈을 찡긋해 보였다. 아노의 입가에 엷은 미소가 번졌다.

"절 따라오세요."

노빈손, 21세기로 돌아가다

아노는 노빈손을 데리고 신전 안쪽으로 걸어갔다.

"여기는 아까 왔던 그 방이잖아?"

방 안에는 신비로운 붉은빛을 띤 초상화만 걸려 있었다. 아노가 조용한 목소리로 주문을 외웠다.

"시간의 구슬이여, 하데스의 이름으로 그대를 부르노라."

그러자 방바닥이 둘로 갈라지면서 푸르게 빛나는 구슬 하나가 담긴 작은 상자가 그 사이로 쑤욱 올라왔다. 신기한 것만 보면 참지 못하는 우리의 호기심 왕 노빈손은 무심코 손을 뻗었다.

퍽~!

"아야~ 아우, 누구야!"

"스읍~! 상자는 사제님만 만질 수 있다."

굵직한 목소리가 방 안에 울렸다.

"니고마무라, 세 번째로 보는 건데 좀 너무하네요."

노빈손은 소리만 듣고도 니고마무라란 걸 알았다. 정말, 정말 빠른 사람이었다.

"미안해요, 노빈손 아저씨. 이 타임머신은 조상 대대로 내려온 워낙 귀중한 물건이라서 늘 니고마무라 아저씨가 지키고 있어요."

아노가 사정을 설명했다. 워낙 긴장했던 터라 노빈손은 사실 아픔도 느낄 정신이 없었다. 아노도 넘발키네도 바짝 긴장한 듯 보였다. 니고마무라는 늘 그렇듯 천연덕스럽게 이상한 음식만 빨고 있었다.

"아저씨, 72시간이 지나면 구슬은 저절로 돌아오게 돼요. 그 전에 돌아오실 수 있다면 주문을 외우시면 돼요. 72시간뿐이에요. 꼭 그 안에 방법을 찾으셔야만 해요. 그리고 절대 구슬을 잃어버리면 안 돼요."

구슬을 잃어버리지 말라고 하는 아노의 얼굴이 어쩐지 불안해 보였다.

"72시간이면 충분해. 꼭 돌아올 테니까 나만 믿으라고."

노빈손도, 넘발키네도 뭔지 모를 자신감에 가득 차 있었다.

"그래, 총각. 난 총각만 믿어."

노빈손의 주먹에 힘이 주어졌다. 대한남아 노빈손, 인류를 구원하기로 마음먹었다. 노빈손은 하얀 바지에 하얀 신발, 그리고 하얀 셔츠를

체온이 높아지면 위험한 이유는?
몸이 아파서 39도 이상으로 체온이 올라가면 빨리 의사의 진찰을 받아야 하며, 40도가 되면 정말 위험하다. 이 온도에서는 중요한 호르몬이나 효소들이 제 기능을 못해서 세포들이 죽기 때문이다. 42도가 넘어가면 우리 몸을 이루는 단백질이 마치 달걀을 삶았을 때처럼 굳어지기 시작하므로 죽음에 이르게 된다.

입고 푸르게 빛나는 구슬을 두 손으로 꽉 움켜쥐었다. 곁에 두 팔을 벌리고 선 아노가 약간 긴장된 목소리로 말했다.

"주문을 외울 테니 따라하세요."

노빈손은 얼떨결에 그 말을 따라했다.

"주문을 외울 테니 따라하세요."

아노는 어이가 없다는 듯이 노빈손을 타박했다.

"아저씨, 정말 바보 맞네요. 주문만 따라하면 돼요."

"어, 그래."

아노는 더욱 긴장한 표정으로 주문을 외웠다.

깨어나라 신비로운 구슬이여
깨어나라 신비로운 구슬이여
죽음보다 깊은 시간의 장벽을 넘는 생명과 순수의 힘이여
죽음보다 깊은 시간의 장벽을 넘는 생명과 순수의 힘이여

휘리릭 하며 구슬의 빛이 커지더니 노빈손의 온몸을 둥글게 싸버렸다. 온몸이 저릿저릿 했다. 등에선 식은땀이 주르륵 흘러내렸다. 입 안

이 바짝바짝 마르고 몸에서 불이라도 난 것처럼 뜨거워지기 시작했다. 아노의 목소리가 간신히 들려 왔다.

간절히 원하노니, 위대한 힘으로 세월의 문을 열어라!

간절히 원하노니, 위대한 힘으로 세월의 문을 열어라!

갑자기 주위가 온통 푸르게 변해 버렸다. 그러더니 보이는 모든 것들이 잘게 부서지기 시작했다. 몸은 어느새 고통스러울 정도로 뜨거워졌고 살점이 하나씩 뜯겨나가는 것 같았다. 온몸이 부르르 떨리는 듯하더니 청룡열차를 탄 것처럼 속이 메스꺼웠다. 아아악~ 돈다.

'으아악~!'

구슬을 놓칠 것만 같았다.

'안 돼! 구슬을 놓치면 끝장이야.'

노빈손은 죽어라고 손에 힘을 주었다. 팔이 으스러져라 구슬을 움켜쥐었다.

'어, 눈앞이 어두워진다. 안 보인다. 어, 나 죽고 있는 거 아냐?'

정신이 점점 몽롱해졌다. 그래도 노빈손은 구슬을 놓지 않았다. 악착같이 정신을 잃지 않으려 했다.

'더 이상 못 견디겠어.'

노빈손은 결국 기절하고 말았다.

인류는 영원할까 3

태양이 지구를 먹어 삼킨다구?

태양은 우리에게 없어서는 안 될 존재다. 태양이 없다면 당장 지구는 추위로 어떤 생명도 살 수 없는 곳이 될 것이 분명하다.

지구상의 생명은 태양으로 데워진 공기를 마시고, 태양빛으로 식물이 광합성을 해서 저장한 에너지를 나눠쓰며 살아가고 있다.

그런데, 태양이 언젠가는 지구를 먹어 삼킬지도 모른다는데. 어떻게 그런 일이?

태양이 점점 커진다

태양처럼 스스로 빛을 낼 수 있는 천체를 항성이라고 한다. 태양 둘레를 도는 행성이나 행성 둘레를 도는 위성은 스스로 빛을 내지 못하고 태양의 빛을 반사할 뿐이다.

밤하늘에 반짝이는 아무리 작은 별이라 할지라도 행성이기 때문에 달과는 비교할 수 없을 정도로 밝고, 거대한 천체들이다. 단지 너무 멀리 떨어져서 한 점 빛으로 보일 뿐.

항성이 빛을 낼 수 있는 것은 중심부에서 수소가 헬륨으로 변하는 핵융합 반응이 일어나고 있기 때문이다. 그런데 거대한 항성 태양은 자체 중력 때문에 내부는 아주 조금씩 수축하면서 중심부의 압력이 높아져 핵융합 반응도 조금씩 활발해진다. 이에 따라 태양의 빛은 점점 강해지는데, 45억 년 전부터 현재까지 태양의 빛은 30%가량 증가했다.

이런 상태는 앞으로 65억 년 가량 계속된다. 그때가 되면 태양의 중심부는 수소가 대부분 헬륨으로 바뀌고 더 이상 핵융합 반응이 일어나지 않게 되어 급격하게 작아진다.

반대로 태양의 표면에서는 핵융합 반응이 계속 일어나서 부피가 점점 커지기 시작하여, 태양은 '적색 거성(붉은 거인 별)'이라고 하는, 지금보다 온도가 낮은 붉고 커다란 별이 된다. 적색 거성은 한자로 붉은색[적색, 赤色]의 커다란 별[거성, 巨星]이라는 뜻이다.

수억 년에 걸쳐 태양은 계속 커지고, 지금보다 2,000배 가량 밝아진다. 태양이 커지면 먼저 수성을 삼키고, 다음엔 금성을 삼킬 것이다. 지구도 점점 더워져 이미 생물이 살 수 없는 환경이 되어 버린다. 목성이나 토성의 온도도 올라가 아름다운 토성의 테도 사라져 버릴 것이다. 마침내 태양의 바깥 부분이 현재 지구 궤도 근처까지 도달하게 될 텐데… 태양은 진짜 지구를 삼켜 버릴까?

지구는 살아남을 수 있을까

결론부터 말하면 지구는 살아남을 가능성이 크다.

태양이 지구 궤도까지 팽창하는데 어떻게 지구가 살아 남을 수 있을까.

그것은 핵융합 반응이 계속 일어나게 되면 태양의 겉 부분에서 가스가 날아가 버리면서 태양의 질량이 줄어들기 때문이다.

질량이 줄면 태양의 중력도 작아져서 지구를 당기는 힘이 약해지므로 지구의 궤도도 태양에서 점점 멀어지는 것이다. 말하자면 태양과 지구의 사이가 멀어진다는 얘기이다.

과학자들의 계산에 따르면 태양의 질량은 지금의 60%로 줄고, 지구는 지금보다 70% 멀어질 거라고 한다. 물론 계산이 틀려 지구가 태양에 먹혀 버릴 수도 있다.

하지만, 태양이 삼키지 않았다고 지구가 살기 좋은 행성으로 남는 것은 아니다. 물은 모두 증발해 버리고, 풀 한 포기 살 수 없는 세계로 변할 것이다.

그렇다면 그후에 태양은 어떻게 될까?

태양이 점점 작아진다

적색거성으로 팽창을 계속하던 태양은 어느 순간 더 이상 핵융합 반응을 하지 못하고 급격하게 수축해서 백색왜성이라고 불리는, 지구 정도 크기의 작은 별이 된다. '백색왜성(흰색 난쟁이 별)' 은 한자로 흰색[백색, 白色]의 난쟁이 별[왜성, 矮星]이라는 뜻이다.

살아남은 행성은 백색왜성으로 변한 태양의 주위를 돈다. 물론 태양이 더 이상 빛을 내지 않기 때문에, 주위는 암흑으로 변하고 모든 것이 얼어붙는다. 바로 70억 년 후에 올 태양계 최후의 모습이다.

4

옥돌 사우나에 추락하다

'아, 머리야. 여긴 어디지? 이런, 눈보라 속이네. 아니 이곳은 대서양 횡단 전에 꿈에서 봤던 그곳 아니야. 내가 왜 이곳으로 자꾸 떨어지는 거지. 엄청난 눈보라다. 아, 숨막힐 정도로 엄청난 눈보라다. 어, 그런데 왜 이렇게 따뜻하지? 눈보라가 따뜻하다니 이럴 수가. 이게 어떻게 된 거야?'

생각을 가다듬을 새도 없이 눈보라 속에서 걸어오던 사람들이 노빈손의 뺨을 한 대씩 때리며 지나갔다.

"아야, 아야."

뺨을 때리는 게 인사?
에스키모인은 서로의 뺨을 치면서 반갑다는 인사를 한다. 물론 세게 때리는 건 아니지만. 아랍인들은 뺨을 비벼대고, 폴리네시아인들은 코를 비벼대면서 반가움을 표시한다. 이것도 인사니까 때 밀듯 세게 문질러대는 것은 아니다. 특이한 사람들은 아프리카의 마사이족인데 인사로 서로 얼굴에 침을 뱉는다. 물이 귀해서 그런 걸까? 또 재미있는 인사는 혀를 길게 내밀면서 자신의 귀를 잡아당기는 티벳의 인사법.

'이 사람들 도대체 왜 이래? 내가 뭘 잘못했다고…….'

그때였다.

"어이 총각, 자는 척하지 말고 빨리 일어나."

흰 털옷을 입은 거인이 말했다. 이번엔 꼭 넘발키네 아줌마 말투 같은데……. 하지만 남자 목소리였다. 거인이 점점 가까이 다가왔다.

'헉, 어, 얼굴이 없다.'

노빈손은 놀라서 눈을 확 떴다.

"노빈손, 이제 잠 다 잤냐?"

살았다. 노빈손이 사는 동네 파출소였다. 만세! 21세기로 돌아오는 데 드디어 성공한 것이다. 주위를 둘러보니 반가운 엄마, 그리고 무섭도록(?) 반가운 말숙이까지 있었다. 말숙이는 웃는 얼굴로 물었다.

"자기야, 보고 싶었는데, 실종됐다던 자기가 어째서 여자들이 가는 옥돌 사우나에 들어갔어?"

말숙이는 미소를 지으며 천천히 다가왔다.

"마, 말숙아, 그게 무슨 말이야?"

공포가 밀려오기 시작했다. 노빈손은 침을 꿀꺽 삼켰다. 입에서 말이 나오질 않았다.

"자기야~, 딱 걸렸어."

퍼억! 퍼억!

노빈손은 정말 비오는 날 먼지나도록 엄마와 말숙이에게 실컷 얻어 맞았다.

"부, 억, 부탁, 억, 나, 억, 인류, 억……."

순경 아저씨가 말리지 않았다면 노빈손은 인류 구원을 위해 72시간 안에 돌아가기는커녕 72시간 동안 목숨을 보전하기도 힘들었을 것이다. 어쨌건 경찰서에서 나오자 좀 분위기 파악이 되는 것 같았다. 아무래도 아노가 타임머신을 제대로 다루지 못하는 모양이었다.

'아노 녀석, 완전히 왕초보잖아. 보내 주려면 장소도 확실하게 해서

삼계탕의 어원
어린 닭의 뱃속에 인삼, 찹쌀, 마늘, 대추를 넣고 푹 고아서 만든 음식. 인삼[삼, 蔘]과 닭[계, 鷄]이 들어간 탕이란 뜻. 예전엔 계삼탕이라고 불렀지만 언제부턴가 삼계탕으로 닭과 인삼의 순서가 바뀌었다. 예전에 귀했던 닭은 대량사육이 가능해지면서 흔해졌고, 인삼의 약효는 현대에서도 효력이 증명되었기 때문이 아닐까?

보내 줘야지.'

엄마가 다시 주먹을 쥔 채 눈을 부라리며 말했다.

"뭐라고 중얼거려. 네 걱정 하느라 피서도 못 가고 이 무슨 난리야!"

위기일발의 순간! 그때였다.

구르르륵~!

노빈손의 배에서 운명 교향곡이 울렸다. 고맙다, 배야.

"엄마…, 나 배고파 죽겠어."

말이 떨어지기가 무섭게 엄마는 언제 그랬느냐는 듯 안타까운 표정으로 노빈손의 얼굴을 찬찬히 살폈다.

"에이구, 내 새끼. 그래 얼굴이 완전히 반쪽이 다 됐구나. 너 좋아하는 삼계탕 집이라도 가자."

'삼계탕, 으윽 감동이다…….'

시궁창 죽 말고 제대로 된 음식을 먹지 못했던 노빈손인지라 눈물이 날 정도로 기뻤다. 게다가 타임머신 여행은 정말 에너지를 많이 소모하는 것 같았다.

'삼계탕, 그래 좋아. 여름에 삼계탕만한 보양식도 없지. 일단 먹으러 가자고.'

식당에 앉자마자 김이 몽실몽실 나는 삼계탕 그릇이 놓여졌다. 뱃속에 밥을 가득 품은 채 나 잡아 잡수쇼 하며 대자로 뻗은 닭을 보니 너무나 가슴이 벅차올랐다. 아, 기쁘다. 이것은 진짜 음식임에 틀림없었다.

"오, 이 훌륭한 냄새, 그 얼마나 그리웠던가……."

노빈손은 거의 무아지경에 이른 듯한 표정으로 냄새를 깊이 들이마셨다. 시궁창 죽 생각이 났던 것이다.

"이것은 진정 예술의 경지에 이른 향기~!"

노빈손은 삼계탕 그릇에 얼굴을 파묻은 채 쩝쩝대며 게걸스럽게 먹어댔다.

"마, 말숙아, 우리 좀 뒤로 물러나 있자."

엄마와 말숙이는 경악한 표정으로 이 광경을 쳐다보기만 했다. 노빈손의 눈엔 한 방울의 국물이라도 절대 남기지 않겠다는 결의가 가득 차 있었다. 노빈손은 어느새 뚝딱 두 사람 몫까지 몽땅 다 먹어치웠다.

"ㄲ으~~~~윽!"

노빈손은 만족스런 얼굴로 크게 트림을 했다. 가게 안에 있던 사람들 모두가 눈이 휘둥그레질 정도로.

속을 채우고 나자 노빈손은 머리가 좀 돌아가기 시작했다.

"에고, 먹을 때가 행복했지."

아이스케키를 구해야 하는 엄청난 임무가 떠올랐던 것이다. 사실 큰 소리 뻥뻥 치며 왔지만 막상 와보니 자신이 없었다.

21세기엔 아이스케키 사람들에게 절실한 것들이 온통 넘쳐났다. 에어컨에선 머리가 아플 정도로 찬바람이 펑펑 쏟아졌다.

"이 바람을 그들에게 줄 수 있다면 얼마나 좋을까?"

게다가 세 사람의 밥상에는 거의 서른 가지는 되어 보이는 반찬들이

놓여 있었다. 그릇마다 수북이 쌓인 음식들. 눈앞에 널린 온갖 맛난 반찬들을 보자 먹을 것이 없어서 전기로 허기를 달래는 아이스케키 사람들의 애처로운 모습도 떠올랐다.

"이 반찬들 대부분은 먹지도 않고 쓰레기통에 버려질 텐데……. 이런 음식들 조금만 아끼면 아이스케키 사람들 한 달 먹을거리는 되겠다."

엄마와 말숙이는 아까부터 혼잣말로 중얼대는 노빈손을 이상한 눈으로 쳐다보기만 했다.

"자기야, 아까부터 비 맞은 중처럼 뭘 그렇게 궁시렁거려?"

노빈손은 말숙이의 말이 귀에 들어오지 않는 듯했다.

노빈손의 눈에 문득, 창문 밖으로 보이는 생선 가게에서 쏟아지는 얼음이 들어왔다.

"휴~, 저렇게 얼음이 흔한데."

노빈손은 얼음을 보자 마음이 더 심란했다.

"올 여름은 너무 더워서 얼음 공장이 아주 난리래. 얼음 공장 사람들이 얼음 만들면서 땀을 뻘뻘 흘릴 정도라니 알만 하지. 아유, 나도 더워서 미치겠다."

엄마의 말도 듣는 둥 마는 둥, 노빈손은 계속 혼자서 중얼거렸다.

음식물 쓰레기

매년 전국에서 400만 톤이 넘는 엄청난 양의 음식물 쓰레기가 생겨나고 있다. 연간 발생하는 음식물 쓰레기를 10톤 트럭에 실어 한 줄로 세운다면 서울-부산을 두 번 왕복하고도 남는다. 이 음식물 쓰레기를 돈으로 계산하면 연간 14조 7천 5백억 원(1999년 쓰레기 발생량 기준)이다. 이것은 한 해 자동차 수출액과 비슷하고, 서울 월드컵경기장을 70개 지을 수 있는 규모다.

냉장고의 역사
2500년 전 중국의 전국시대에 우리나라의 석빙고와 같은 얼음창고가 있었다고 한다. 하지만 최초의 현대식 냉장고는 1862년에 영국인 제임스 해리슨이 만들었다. 그리고 전기를 이용하는 가정용 냉장고는 1918년 미국에서 개발된 캘비네이터가 최초. 제너럴일렉트릭(GE)사가 1925년에 만든 '모니터 탑(Monitor Top)'이란 제품에 의해 냉장고의 대중화가 시작되었다. 우리나라 최초의 냉장고는 1965년, 그때는 금성사였던 지금의 LG 전자가 만들었다.

"그래, 얼음 공장… 아이스케키에 저런 얼음 공장 하나만 있으면 좋을 텐데. 응, 얼음 공장……?"

갑자기 노빈손의 얼굴에 화색이 돌았다.

"그래, 얼음 공장! 아니 얼음 만드는 기계만 있어도 아이스케키 사람들에겐 충분하잖아."

점점 더 영문 모를 소리만 해대는 노빈손을 엄마와 말숙이는 멀뚱이 쳐다보았다.

"만세~ 풀렸다. 냉장고다, 냉장고~!"

'냉장고만 있으면 문제 해결이다! 그러고 보니 아이스케키 공화국엔 전기도 넘치잖아. 아니, 내가 왜 이렇게 쉬운 걸 생각하지 못했을까.'

그때였다.

퍽~!

보다 못한 엄마가 드디어 손을 쓰고 말았다.

"이 녀석이 아까부터 아까운 밥 먹고 무슨 횡설수설이야~."

엄마는 집에 오자마자 주섬주섬 목욕 채비를 했다.

"너는 집에 꼼짝 말고 붙어 있어. 불가마 사우나에서 땀 빼고 올 테니까. 이열치열이라고 땀 좀 쫙 빼야지, 찜찜해서 못 견디겠네."

듣던 중 반가운 소리였다. 엄마가 밖에 나가 계시는 동안에 거사를 끝내 놓으리라. 노빈손은 빙글빙글 웃으며 엄마를 배웅했다.

"하하, 어마마마 다녀오시옵소서."

노빈손은 날아갈 것 같은 기분이었다. 이렇게 쉽게 문제가 풀릴 줄이야.

"어마마마는 무슨 얼어 죽을~. 괜히 쓸데 없는 생각하지 말고 집 잘 봐! 그리고, 너 다시는 비행기 탈 생각 하지도 마!"

엄마는 단단히 화가 난 얼굴로 대문을 열어젖혔다.

"아참, 이거 장롱에다 잘 넣어 놔."

'헉, 이건… 타임머신…….'

노빈손은 타임머신의 존재를 까맣게 잊고 있었던 것이다.

"뭘 그리 놀래. 이거 나 주려고 챙겨 온 선물이지?"

사정을 모르는 엄마는 타임머신을 노빈손이 선물로 사온 싸구려 기념품쯤으로 생각했던 것이다.

"참, 이거 이따가 세탁기 수리하는 아저씨 오면 드려라!"

엄마는 3만 원을 노빈손에게 건네고 총총히 사라졌다. 노빈손은 잽싸게 호주머니에 돈을 챙겨 넣었다. 그리고 엄마가 멀리 사라지는 걸 확인한 즉시 타임머신을 뒤뜰에다 묻고 돌아왔다.

"일단 냉장고를 분해해서 설계도를 그려야겠지."

노빈손은 아이스케키에 돌아가서 냉장고를 만들어 보급하려면 설계도가 필요하다고 생각했다. 기화열을 이용한 냉장고의 원리 정도는 알고 있었지만 그걸 실제로 만들자면 아무래도 상세한 설계도가 필요할 것 같았다.

집에 있는 냉장고가 20년 가까이 된 구형이라 노빈손은 안면몰수하고 과감히 분해하기로 결정했다.

"어머님, 당신의 아들이자 세기의 모험왕인 이 노빈손, 꼭 타임머신보다 멋진 보물을 구해서 최고급 냉장고를 사드릴게요. 용서하소서."

냉장고 분해는 생각보다 쉽지 않았다. 30분 가까이 볼트를 풀고 이리저리 들여다봤지만 기능이 뭐가 뭔지 알 수 없었다. 그때였다.

"스~~습~."

낯익은 소리가 들렸다. 아주 불길한 소리가…….

노빈손은 사방으로 고개를 돌렸다. 아니, 저 두꺼비 같은 창밖의 남자는?

"니, 니고마무라~. 당신이 어떻게 여길……."

귀신이 곡할 노릇이었다. 아니 이게 무슨 마른하늘에 날벼락이란 말인가? 혹시 아노 녀석이 내가 못 미더워서 보디가드를 여기까지 보냈나? 혹시 다른 타임머신이 있나? 아니면 마지막 순간에 나에게 달라붙은 건가? 노빈손의 머릿속에 온갖 생각들이 스쳐갔다.

니고마무라는 노빈손의 경악한 표정 따위에는 관심도 없다는 듯 한 손에 음식을 쥐고 끊임없이 입을 오물거리며 말했다.

> **냉장고의 윙윙거리는 소리**
> 현재 사용되는 냉장고는 액체 상태의 냉매가 팽창하면서 기체로 될 때 주위로부터 열을 빼앗는 원리를 이용하고 있다. 그러나 프레온 가스 등의 냉매를 압축하는 과정은 에너지를 많이 소비하며 윙윙거리는 냉장고 특유의 소음을 발생시키는 단점이 있다.

"노빈손 씨, 냉장고는 분해해서 어디다 쓰게?"

"도, 도대체 당신이 어떻게 여길 올 수 있었지?"

니고마무라는 노빈손의 질문 따위에는 아랑곳하지 않았다.

"노빈손 씨, 프레온 가스가 얼마나 위험한지 학교에서 안 배웠어?"

"딴소리 말고, 당신 정체가 뭐야?"

그러고 보니 그는 한 손에 푸른 구슬까지 쥐고 있었다. 타임머신이 틀림없었다. 정말 놀랄 일이었다. 하데스 신전의 방에는 분명 구슬이 하나뿐이었고 노빈손이 들고 온 타임머신 구슬은 뒤뜰 나무 밑에 묻어 두었는데.

'아차, 내 타임머신을 훔친 거 아냐?'

"스~읍, 프레온 가스가 마구 방출되면 아이스케키에 해로울 게 뻔한데 왜 냉장고를 들고 가려는 거지. 아무래도 넌 구원의 사자가 아니라 우리를 더 큰 위험에 빠뜨릴 바보 멍청이가 틀림없어."

맞는 말이었다. 냉장고에 쓰인 프레온 가스는 오존층에 구멍을 내서 자외선이 더 많이 쏟아지게 만드는 화학물질이었다. 하지만 노빈손의 귀엔 그 말이 들어오지 않았다. 궁금한 건 따로 있었기 때문이다.

"니고마무라, 당신 그 타임머신 어디서 났어?"

니고마무라는 빙글거리며 느끼한 표정으로 노빈손을 쳐다봤다.

"지금 아이스케키엔 어리석은 인간들이 너무 많아. 하데스 신께선 어리석은 인간들에게 시련을 내려서 그들의 어리석음을 깨우쳐 주고 있어. 그런데 왜 너는 하데스 신의 신성한 징벌을 방해하는 거냐! 더구

나 프레온 가스를 쓰는 냉장고처럼 해로운 기계로 말이야.”

어디서 많이 들어 본 말 같았다. 게다가 녀석의 목소리는 꼭 술에 취한 것처럼 이상했다.

“이 말을 어디서 들어봤지……?”

딩동! 딩동!

긴장된 분위기를 초인종 소리가 깼다.

“이런, 시간이 벌써 이렇게 됐나. 그럼 이만…….”

귀신 씨나락 까먹는 소리
일단 뜻은 이치에 맞지 않는, 말도 안 되는 소리라는 의미. 나락은 껍질을 벗겨 쌀이 되기 전의 벼의 낟알을 말하니까, 씨나락이란 다음해에 씨앗으로 쓸 벼를 말한다. 그러니까 '귀신이 내년 농사에 쓸 볍씨를 먹어치우는 소리'라는 말이다.

니고마무라는 바람처럼 사라졌다. 정말 알다가도 모를 녀석이었다.

'왜 밑도 끝도 없이 나타나서 귀신 씨나락 까먹는 소리나 늘어놓는 거야.'

띵똥! 띵똥!

초인종 소리가 더 크게 울렸다.

'누구야, 이렇게 바쁠 때.'

문을 열자마자 튀어들어온 사람은 뜻밖에도 엄마였다.

“엄마야? 엄마, 어쩐 일로 이렇게 일찍…….”

엄마는 애프터서비스 기사까지 데리고 나타났다.

“아들아, 너 지금 뭐하고 있었니?”

'어찌된 일이지? 옥돌 사우나에 한번 갔다 하면 자식이 굶어죽어도

엄마! 아기가 가장 처음 하는 말

어느 나라 말을 보더라도 아이들이 자기를 낳아 준 어머니를 부르는 말은 비슷하다. 우리나라에서는 '엄마', 영어로는 '마마', 중국어로는 '마'. 왜 그런가 하면 아기가 처음으로 입을 벌릴 때 나는 소리가 바로 '마'이기 때문이다. 입을 꼭 다물고 있다가 입을 벌리면 '엄마' 소리가 나고, 그냥 살짝 벌리면 '마' 소리가 난다. 조금 세게 소리를 내면 빠, 파, 바 등의 소리가 되는데 이것은 바로 아버지를 부르는 말이 된다.

나 몰라라 하시는 분이 어떻게? 그리고 애프터 서비스 기사까지 데려오시다니, 초능력이라도 얻으셨나?'

산산이 분해된 냉장고로 엉망이 된 방을 본 엄마는 우선 노빈손에게 공포의 헤드락을 몇 번 해주었다. 그리고 친절하게 노빈손의 의문을 해결해 주었다.

"스~습 하고 침을 삼키는 아줌마가 네 녀석의 만행을 알려주더구나."

'호, 혹시 니고마무라 아닐까?'

"엄마, 혹시 그 아줌마가 뭘 먹고 있지 않던가요?"

"맞아, 어떻게 알았니? 난 사우나 안에서 그렇게 먹어대는 사람은 처음 봤다."

역시… 니고마무라 녀석이었다. 정말 무섭고 치밀한 녀석인 것 같은데…….

'니고마무라 녀석 변장을 했나 보지.'

노빈손은 슬슬 불안해졌다. 어쩐지 시간이 부족할 것 같은 예감이 들었다.

"이봐 학생, 제대로 알지도 못하면서 냉장고는 왜 분해를 하고 그래."

애프터서비스 기사가 노빈손을 타박했다.

"헤헤, 설계도를 그려 보려고 그랬지요. 심심해서."

노빈손은 얼렁뚱땅 둘러댔다.

"뭐, 설계도를 그리려고 냉장고를 분해해! 이런 바보 같기는."

"아니 그러면 무슨 다른 방법이 있나요?"

"아 설계도는 인터넷을 뒤져 보면 될 거 아냐."

애프터 기사는 노빈손을 위아래로 훑어보며 쯧쯧 혀를 찼다.

'그래, 바로 그거다! 니고마무라 이 녀석, 도대체 무슨 꿍꿍이로 그랬는지 모르겠지만 네 녀석의 방해공작은 실패로 끝났다. 이번 판은 나의 승리다, 우하하하!'

아, 냉장고! 아, 항생제!

정말로 인터넷에서 서핑을 한 지 얼마되지 않아 냉장고 설계도를 찾을 수 있었다. 그러나 문제는 설계도가 있다고 해서 아이스케키 사람들이 믿어 줄 거란 보장이 없는 것이었다. 게다가 니고마무라처럼 노빈손을 방해하려는 녀석도 있지 않는가?

"어쩐다, 보여주지 않으면 믿지 않겠지. 중고 냉장고라도 사야 하는데."

보석이 사랑받는 이유
보석과 귀금속이 가치 있게 된 것은 물론 희소성 때문이다. 하지만 맨처음 고대인들이 보석과 금을 귀중시하게 되었던 이유는 보석에서 빛이 나는 걸 보고 신비한 힘이 있을 것이라 생각했기 때문. 그래서 권력이 있는 사람들이 몸에 지니기 시작했고 이후 보석이 신분이 고귀한 자를 나타내는 상징이 된 것이다.

노빈손의 고민은 한도 끝도 없었다. 이렇게 사고를 쳐놨으니 엄마가 돈을 줄 것 같지도 않았다. 하지만 무슨 수를 써서라도 냉장고를 마련해야 했다.

'어떻게 할까…? 아, 그래!'

노빈손은 화가 덜 풀려 씩씩대는 엄마를 불렀다.

"엄마! 아까 그 보석……, 내가 그거 구하느라 엄청나게 힘들었거든."

엄마는 노빈손의 얼굴을 빤히 쳐다보았다.

"그래서……?"

엄마의 표정이 썩 좋지 않았다. 하지만 이렇게 물러날 순 없지.

"그 보석이 참 비싼 거라고 하던데……."

엄마는 어느새 딴청을 피우고 있었다.

'그래, 솔직히 말씀을 드리자. 정직만큼 강한 무기는 없다고 했는데…….'

노빈손은 결국 자기가 얼마나 고생했는지를 모두 다 털어놓기로 했다. 대서양에서 익사할 뻔했던 일, 이상한 시궁창 죽박에 못 먹었던 일, 니고마무라에게 얻어맞았던 일 등등 자신의 고생담을 털어놓았다. 하지만 엄마의 표정은 영 심드렁했다.

'이런, 안 되겠군.'

노빈손은 최후의 카드를 뽑아들었다. 자기가 인류 구원의 사자로서 반드시 냉장고를 구해야 하는 이유를 조목조목 말한 것이다. 그러자 엄마는 정말 놀라는 눈치였다. 특히 인류 구원의 사자라고 말하는 대목에서는 거의 까무러칠 것 같은 표정이었다.

'오호, 역시 사람은 솔직해야 된다니까~!'

노빈손은 이제 됐다 싶어 냉장고 얘기를 꺼냈다.

"그러니까 엄마, 저 냉장고 내가 들고 갈게."

한데 엄마는 노빈손의 말을 들었는지 말았는지 엉뚱한 말을 했다.

"그 아줌마, 정말 대단하네. 용한 점쟁이야."

"응, 뭐라고?"

점쟁이라니? 엄마는 귀신이 딸꾹질 하다 사레 걸릴 소리만 하고 있었다.

"아까 네가 냉장고 망가뜨릴 거라고 알려 준 아줌마 말이야. 사실 그 아줌마가 네가 방금 전에 한 말도 할지 모른다고 얘기해 줬거든. 네가 왕자병에 걸려서 구원의 사자 어쩌고저쩌고 할 수도 있으니 그럴 때는 꼭 병원에 보내라고까지 얘기했어."

'무서운 니고마무라 녀석!'

노빈손은 일단 작전상 후퇴를 하기로 했다.

집을 나온 노빈손은 이리저리 궁리를 하며 터벅터벅 길을 걸었다.

무심결에 주머니에 손을 넣었는데 뜻밖에도 지폐가 만져졌다. 아까 엄마가 전해 주라고 준 3만 원이었다.

"야호!"

노빈손은 환호성을 지르며 중고전자제품 가게로 달려갔다.

"한 3만 원 하는 물건도 있었는데 이상하게 생긴 아줌마가 사갔어."

가는 중고전자제품 가게마다 같은 말들을 했다.

"힘 좋고, 발도 빠른 아줌마가 사갔어."

"뭘 계속 먹어대는 아줌마가 사갔어."

이렇게 악랄하고 집요한 녀석을 봤나. 노빈손은 힘이 쭉 빠졌다. 한시 바삐, 3만 원을 최대한 잘 써서 아이스케키에 꼭 필요한 걸 들고 가야 했다.

"그래, 일단 약을 먼저 사자."

곰곰이 따져 보니 냉장고보다는 약이 더 급한 것 같았다.

'참, 의약분업이 실시됐는데 약을 그냥 줄까?'

노빈손은 근처 약국 문 앞에서 머뭇거리다가 문을 열고 머리를 삐죽 들이밀었다.

"아저씨, 인류를 위해 봉사하실 생각 없나요?"

"아이 싫어, 싫어, 나는 도 같은 거 안 믿어~!"

약사 아저씨가 번지수를 잘못 짚은 것 같았다.

"헤헤 아저씨, 저는 도를 전파하는 사람이 아니거든요."

노빈손은 약국에 들어가자마자 아이스케키의 상황을 잘도 둘러대면서 설명했다. 감기도 치료를 못 해서 죽는 사람들, 상처가 나도 치료를 못 해서 죽는 사람 등등.

약사 아저씨는 정말 황당하다는 표정으로 한참을 듣더니 이렇게 말했다.

"감기야 별 거 아닌데, 세균성 이질에 세균성 피부질환이 번졌네. 그런 증세라면 항생제만 잘 써도 치료할 수 있지."

아하, 그렇다! 노빈손의 잔머리가 시속 160킬로미터로 돌아가기 시작했다.

"항생제요?"

'맞아, 아이스케키를 괴롭히는 질병은 분명 빙하시대에 활동하지 못하고 잠들었다가 기후가 더워지면서 다시 깨어난 병균들 때문일 거야. 게다가 제대로 먹지도 못하고 더위에 지쳤으니 면역력이 확실히 떨어졌겠지.'

뭔가 희망이 보이는 것 같았다. 그런데,

"웬만한 병은 항생제면 다 치료가 돼. 병원에 가서 처방전 하나만 가져와."

역시나 의약분업이 문제였다.

의약분업
약품을 잘못 사용하거나 너무 많이 사용하는 것을 막기 위해 의사의 처방전이 있어야 약을 지을 수 있게 한 제도. 두통약이나 소화제 등 일부 간단한 약은 처방전이 없어도 구입할 수 있게 하였다. 우리나라는 다른 나라에 비해 항생제를 마구 쓰는 경향이 크다고 하는데, 의약분업으로 처방전 없이 항생제를 구할 수 없게 된 이후에도 사용량은 크게 줄어들지 않았다고 한다.

"아저씨, 제가 병원에 갈 시간이 없거든요. 어떻게 그냥 주시면 안 될까요?"

약사 아저씨는 잠시 노빈손을 쳐다보더니 다시 입을 열었다.

"학생, 정말 항생제가 꼭 필요해?"

노빈손은 정말 최대한 불쌍한 표정으로 고개를 끄덕였다.

"그럼 시골로 가봐. 거긴 병원에 가기 힘드니까 의약분업을 안 하거든."

약사 아저씨는 친절하게 의약분업을 안 하는 곳의 약도를 그려 주었다.

"아저씨, 그냥 여기서 주시면 안 될까요?"

노빈손이 애원했지만 약사는 들은 척도 하지 않고 내쫓아버렸다.

앗, 당신이 어떻게 여기에

노빈손은 다시 벽에 부딪힌 느낌이었다. 가진 돈 3만 원으로는 왕복 고속버스 표나 간신히 살 수 있을까? 하지만 시간이 없었다. 결단을 내려야 했다.

"그래, 일단 가보자."

노빈손은 약사가 그려 준 약도를 들고 무작정 버스에 올라탔다. 그리곤 의자를 뒤로 벌렁 젖히고 눈을 감았다. 어느새 스르르 잠이 오더니 결국 드르렁 드르렁 코까지 골아가며 곯아떨어지고 말았다. 옥돌 사우나에서부터 긴장된 시간의 연속이라 많이 지쳐 있었던 것이다.

"아~! 아~!"

그런데 꿈속에서 노빈손은 또다시 털옷을 입은 한 떼의 사람들을 만났다. 그들은 이번에는 폭우처럼 쏟아지는 눈보라 속에서 노빈손의 머리를 돌아가며 계속 쥐어박았다. 정말 포악한 무리들이로군!

코를 고는 이유
숨을 쉴 때 공기가 입 천장, 목젖, 편도선, 혀 등과 같이 부드러운 곳을 지난다. 낮엔 이 부분들이 제자리를 유지하도록 주위 근육들이 붙잡아 준다. 그래서 공기들이 이 부분을 지날 때 통로를 막지 않아 소리가 거의 나지 않지만 잠자는 동안엔 근육들이 축 늘어져 공기의 통로가 좁아진다. 이 때문에 공기가 통과할 때 주변의 부드러운 구조물이 진동이 돼 코고는 소리를 낸다.

"아~! 아~! 왜 때려요?"

노빈손은 참다못해 번쩍 눈을 뜨고 소리를 쳤다. 뜻밖에도 눈앞엔 피곤과 짜증이 가득한 얼굴의 기사 아저씨와 승객들이 보였다.

"야, 너 코 고는 소리에 귀청 떨어지는 줄 알았어."

"창밖으로 안 던진 걸 다행으로 알아! 너 오늘 재수 되게 좋다."

노빈손은 황급히 버스에서 내렸다. 말이 씨가 된다더니, 싸그리 다마치오의 말처럼 이리 가나 저리 가나 두드려맞는 게 노빈손의 일인 것 같았다.

버스에서 내려 터덜터덜 걷던 노빈손은 누군가가 따라오는 듯한 느

먹을 것을 엄청 밝히는 귀신, 아귀
굶어 죽은 귀신을 말한다. 고대 인도에서는 조상의 혼령을 죽은 사람이란 뜻의 프레타라고 부르고 후손이 음식물을 바쳐야 한다고 믿었다. 이것이 불교에 영향을 미쳐 '아귀'가 되었다. 불교에서 아귀는 짐승의 세계와 지옥 사이를 떠도는 레벨이 낮은 귀신으로 취급된다.

낌이 들었다.

'혹시, 니고마무라? 여기까지 따라오다니 정말 집요하군.'

그런데 뭔가 이상했다. 전혀 니고마무라답지 않았던 것이다. 녀석이라면 이렇게 눈에 띄게 따라올 리가 없었다. 노빈손은 잽싸게 옆 골목길로 빠졌다. 그리고 미행하던 녀석이 지나가기만을 기다렸다.

"이봐 노빈손……."

헉! 말소리가 등뒤에서 들렸다. 미행하던 녀석이 어느새 골목의 반대편으로 돌아와 노빈손을 기다리고 있었던 것이다.

'이런, 골목이 짧은 걸 미처 못 봤군.'

"네 옆에 30년 묵은 아귀(餓鬼, 굶어죽은 귀신)가 붙어 있어."

이건 또 무슨 소리야? 어안이 벙벙해진 노빈손 앞에 선 이상한 녀석은 푹 눌러쓰고 있던 모자를 벗었다.

"흐흐흐…… 나를 모르겠나?"

어디서 많이 본 사람 같았다. 노빈손은 잔뜩 이마를 찡그리며 누군지 떠올리려 애썼다.

"흐흐흐, 점도 모르는 녀석이 어떻게 나를 알겠어."

'아, 당신…….'

"노빈손, 이 싸그리 다마치오가 너 때문에 얼마나 마음의 상처를 받았는지 알아?"

휴~! 노빈손은 그제야 안심이 됐다. 싸그리 다마치오는 공항에서 노빈손에게 버림(?)을 받은 이후, 노빈손의 집 주변에서 노숙을 하며 그가 돌아오기만을 기다렸다고 했다.

"한국에서 날 무시한 건 네 녀석뿐이야, 이 건방진 녀석아. 선거철만 되면 별의별 정치인들이 이탈리아로 돈 보따리 싸들고 와서 날 교주처럼 떠받드는데, 감히 네가, 네가 뭔데. 엉~ 엉, 꺼이 꺼이."

'이런, 시간도 없는데 이 사람 정말…….'

싸그리 다마치오는 노빈손의 손을 붙잡고 동네가 떠나가라 대성통곡을 해댔다. 노빈손은 자기를 안 믿는다고 난리법석을 떠는 이 점쟁이와 노닥거릴 시간이 없었다. 한시가 급했다.

"싸그리 다마치오, 저기, 나 바쁘거든요. 두 발에 로켓을 달고 날아다녀도 시간이 모자라요. 제발, 이 손 좀……."

싸그리 다마치오가 갑자기 고개를 번쩍 들었다. 눈빛이 비장했다. 한밤중에 빛나는 고양이 눈처럼 싸늘한 기운이 흘렀다. 지, 진짜로 스토커 같아 보였다.

"노빈손……."

꿀꺽. 노빈손은 마른침을 삼켰다. 예감이 좋질 않았다. 금방이라도 싸그리 다마치오가 뭔 일을 저지를 것만 같았다.

점의 기원
중국에서는 신석기시대부터 거북의 등껍질이나 짐승의 뼈를 사용해 점을 쳤다. 뼈에 불을 쬐면 뼈가 마르면서 표면이 갈라진다. 갈라진 금의 모양으로 점을 쳤다. 중국의 은나라에서는 점을 친 뒤에, 뼈에 점을 친 이유를 새기거나 먹으로 썼는데 이를 갑골문자라고 한다.

"아, 알았어요, 싸그리 다마치오. 어디 그럼 당신의 능력을 보여주세요. 당신을 교주로 떠받들 테니까."

그의 얼굴이 붉어졌다. 얼굴의 혈관이 파르르 떨리는 게 보일 정도였다. 자기를 떠받들어 준다는 말에 감격한 것 같았다.

"그래. 믿어, 믿으라고. 믿는 자에게 복이 있다는 걸 보여줄 테니까."

'자기가 무슨 예수님이라도 되는 줄 아나.'

노빈손은 어서 빨리 떼어놓고 싶은 마음뿐이었다.

"좋아요, 그러면 내가 지금 뭐가 필요한지 맞춰 봐요. 맞추면 내가 당신을 교주로 모시고, 틀리면 이 손 놓고 이탈리아로 돌아가는 걸로 하지요."

싸그리 다마치오는 기다렸다는 듯이 외쳤다.

"하하하. 노빈손, 교주님이 말씀하신다. 넌 항생제가 필요하지?"

놀라웠다. 정말 용한 점쟁이였나? 노빈손은 벌린 입을 다물 수가 없었다.

"헉, 아, 아니 그걸 어떻게……?"

싸그리 다마치오는 기고만장한 얼굴로 떠벌여댔다.

"몰래 카, 아니 점괘, 점괘로 다 맞췄지."

뭐, 몰래 카? 혹시 몰래 카메라? 노빈손이 뭔가 미심쩍은 표정을 짓자 싸그리 다마치오는 잽싸게 노빈손의 손을 잡고 약국 쪽으로 걸어가기 시작했다.

"따라와, 따라만 오라고. 이 교주님만 믿으라니까~!"

노빈손은 지푸라기라도 잡는 심정으로 큰 소리 뻥뻥 치는 싸그리 다마치오를 따라갔다. 어차피 노빈손의 호주머니에 있는 돈이라곤 타임머신이 묻혀 있는 집으로 돌아갈 차비뿐이었다.

사기로 다 맞췄네

싸그리 다마치오는 약국에 들어가자마자 대뜸 약사 아줌마에게 물었다.

"아줌마, 요즘 집안일 잘 돌아가?"

약사 아줌마는 싸그리 다마치오를 아주 잘 아는지 선선히 대답을 했다.

"아니오, 점점 꼬인다니까요. 약국은 파리만 날리지, 애들은 하라는 공부는 안 하고 연예인 되겠다고 난리지, 남편은……."

아줌마의 신세한탄이 길어질 조짐을 보였다. 그러자 싸그리 다마치오가 큰 목소리로 말꼬리를 자르며 무서운 얼굴로 물었다.

"어허, 이런! 뒤뜰에 혹시 감나무 안 심었어?"

약사는 황당하게 싸그리 다마치오의 눈치를 슬금슬금 보더니 다 죽어 가는 목소리로 말했다.

"아, 아니오… 심은 적 없는데요."

그러자 싸그리 다마치오는 자신의 머리를 탁 치더니 길게 탄식을 늘어놓았다

"허어, 내 이럴 줄 알았어……. 그러니까 집안이 지금 그 모양이 된 거야."

그 말을 들은 약사 아줌마가 더 뜻밖의 반응을 보였다.

"세상에, 정말 용하다. 사실 몇 년 전에 이곳에서 식당을 하던 아저씨가 감나무를 뽑았다가 망했다는 소리를 듣기는 했거든요."

싸그리 다마치오는 드디어 감을 잡았다는 듯 '처방' 을 내려 주었다.

"당장 감나무 심어. 집안일이 싹 풀릴 테니까."

약사 아줌마가 싸그리 다마치오의 손을 잡더니 호들갑을 떨어댔다.

"어머 어머, 선생님~, 너무 감사해요. 너무 감사해요. 이 은혜를 어떻게 갚으면 좋아."

'휴, 이게 무슨 점이냐. 완전히 사기로 다 맞추는 건데.'

정말 한심한 광경이었다. 노빈손은 보다 못해 밖으로 나가 버렸다.

'괜히 시간만 버렸잖아. 해는 저무는데 이제 어쩌지.'

싸그리 다마치오의 쩌렁쩌렁한 목소리가 들렸다.

"그리고 여름엔 물가에 절대로 가지 마. 작년에 내 말 안 듣고 물가에 갔다가 집에 못 돌아간 사람이 몇 명인 줄 알아?"

얼씨구~! 갈수록 태산이었다. 여름에 물가에 갈 일이 많으니 익사할 확률도 높은 게 당연하잖아! 하지만 노빈손은 싸그리 다마치오가 약국 밖으로 나오는 순간 입을 다물 수밖에 없었다.

"오~옷, 이, 이건 항생제. 아니 이렇게나 많은 항생제를…… 어떻게?"

별을 보고 점을 치는 점성술
5만 년 전 크로마뇽인은 하늘의 별자리를 보고 계절의 변화를 점쳤다. 태양계의 떠돌이별(행성)과 수많은 붙박이별(항성)로 이루어진 별자리를 이용해 점을 치는 기술인 점성술이 체계를 잡은 시기는 기원전 3000년.
기원전 5세기부터 인기를 끌기 시작한 점성술은 개인이 출생할 당시의 별자리와 운명의 관계를 표로 만든 천궁도(horoscope)가 발명되면서 발전했다.

약사 아줌마에게 어떻게 얘기했는지 모르겠지만, 대단한 능력이었다.

"대단하네요, 비결이 뭐예요, 싸그리 다마치오?"

정말이지 놀라운 말솜씨는 배우고 싶었다.

"그거야 뭐… 어허, 무슨 남의 영업 비밀을 다 알려고 그러나!"

영업 비밀은 무슨……. 어쨌건 사기로 다 맞춘 싸그리 다마치오지만 노빈손은 고맙다는 생각이 들었다.

"노빈손, 이제 이 교주님의 능력을 믿겠느냐? 시간이 없을 테니 빨리 돌아가라."

몰래 카메라로 찍었건, 점괘로 맞췄건 상관없었다. 정말 영리한 점쟁이인 것 같았다.

"이번엔 긴 말 않겠다. 아귀를 조심해라, 아귀를! 그리고 늘 말숙이를 잊지 마라. 하하하, 하하하~!"

싸그리 다마치오는 온 동네가 떠나가라 웃으며 사라졌다.

"말숙이? 오, 그래~! 말숙이다. 내가 당첨시켜 준 냉장고가 있었지!"

노빈손은 싸그리 다마치오에게 절이라도 하고 싶었다. 싸그리 다마치오가 그렇게 바라던 교주님 소리를 한 번도 해주지 못한 게 마음에 걸렸다. 하지만 시간이 없었다. 가자, 말숙이네로~!

말숙아, 냉장고 좀 빌려 줘

하느님이 보우하사, 하데스가 복을 주사, 말숙이는 자고 있었다. 냉장고는 의외로 작았다.

"젠장, 팔이 부러져라 엽서를 100통이나 썼는데, 이렇게 작은 거라니."

한 달 전, 말숙이는 노빈손은 말할 것도 없고, 8촌에 12촌, 16촌의 사돈까지 모든 친척은 물론, 유치원 때 동창에, 동네 사람들까지 아는 사람의 이름을 몽땅 빌어서 퀴즈쇼에 엽서 100통을 보내 당첨이 되어 냉장고를 받은 것이다. 물론 그 엽서는 모두 노빈손이 썼다.

노빈손은 목이 말랐다. 냉장고 문을 열어 보니 있는 거라곤 산낙지 한 봉지뿐이었다. 큰 낙지가 네 마리나 들어 있었다.

"말숙아, 넌 정말 도움이 안 되는구나."

그래도 냉장고를 구한 게 어딘가. 호주머니엔 냉장고 설계도가, 두 손에 든 커다란 봉지엔 항생제가 가득했다. 노빈손은 냉장고에 항생제를 쑤셔 넣었다.

"으아함~!"

모든 문제가 해결되자 긴장이 풀렸는지 졸음이 밀려왔다. 노빈손은 눈을 크게 뜨고 시계를 들여다봤다. 만사불여튼튼, 돌아갈 시간이 충분한지 확인해 둘 필요가 있었던 것이다. 시간도 있겠다 한숨 자고 가고 싶은데 방 안이 너무 더웠다. 그때 문득 노빈손의 머리에 멋진 아이디어가 떠올랐다.

"난 천재야, 냉장고 문을 열어 놓으면 에어컨으로 쓸 수도 있잖아! 그래, 냉장고만 있으면 집 안 냉방 정도는 가뿐하게 해결되겠군. 하하하. 노빈손, 너는 아이스케키 공화국, 아니 인류 구원의 영웅이야."

노빈손은 창문을 모두 닫고 냉장고 문을 연 후 거기에 다리를 기댄 채 잠이 들었다. 정말 며칠 동안 제대로 쉬지 못해 눈을 감자마자 잠에 빠졌다.

낙지는 박카스의 형님

박카스의 주요 성분은 타우린이다. 박카스 한 병에 1,000mg, 즉 1g이 들어 있다. 타우린은 아미노산의 일종으로 간의 해독과 피로 회복, 혈압 강하의 효과가 있다지만 명확하게 밝혀진 것은 아니다. 타우린은 낙지, 문어, 소라, 오징어 등에도 많이 들어 있는데, 100g당 오징어는 327mg, 낙지는 854mg이 들어 있어 150g짜리 작은 낙지 한 마리도 박카스보다 타우린이 많다.

가위 눌리는 이유
잠을 자다가 무서운 꿈에 질려서 몸이 마음대로 움직여지지 않고 답답한 상태. 일종의 수면 마비 현상. 우리의 몸은 수면 중에 몇몇 부분이 제대로 기능하지 않는다. 그러다가 잠이 깨기 직전에 뇌가 알아서 다시 이러한 기능을 정상으로 돌려놓는데 그때 깨어나지 못한 몸의 일부분 때문에 가위 눌림을 경험하게 된다고.

그러나 노빈손은 또다시 악몽에 시달리고 말았다.

"으, 으억, 으거억, 수, 숨이……."

뭔가 무거운 바윗덩이가 자기를 누르고 있었다. 아무리 밀어내려고 해도 움직이질 않았다.

'이, 이러다 정말 죽겠다.'

눈을 뜨는 수밖에 없었다. 꿈이 아니었다. 진짜로 뭔가가 가슴을 짓누르고 있었다.

"이런, 뭔가 했더니!"

말숙이의 다리였다. 정말 무거웠다. 게다가 방 안도 너무 더웠다.

'왜지? 냉장고 문을 열어놓고 잤는데 왜 이리 더운 걸까?'

노빈손은 영문을 알 수 없었지만 어쨌건 시간에 맞게 깨기를 잘했단 생각이 들었다.

냉장고를 안은 노빈손은 조심해서 일어섰다. 작은 냉장고라지만 제법 무거웠다. 이제 문 밖으로 나가기만 하면 끝이었다.

'말숙아, 내가 고생해서 얻은 냉장고니까 인류 구원을 위해 고맙게 쓰마.'

5미터, 4미터, 3미터, 2미터, 1미터.

휴우~ 드디어 대문이었다.

그때였다. 누군가 노빈손의 어깨를 살며시 잡아당기며 눈앞을 가렸다.

"자기야, 기다리고 있었지~."

등줄기를 타고 올라오는 이 끔찍한 소름과 원인 모를 공포. 두려움은 노빈손의 여린 근육을 닭살로 변하게 만들고, 그 닭살은 대퇴부를 경부고속철도처럼 통과하여 척추를 관통, 노빈손의 뒷머리를 스멀스멀 긁고 지나가 대뇌 중심부를 울트라 슈퍼 강펀치로 강타했다. 2초 후, 노빈손의 머리칼이 바짝 일어섰다.

'으~ 주, 죽었다…….'

꿀꺽~.

노빈손은 마른침을 삼키며 고개를 돌렸다. 아주 천~천~히 돌렸다. 이제 시속 100킬로미터의 강펀치가 날아오리라.

"말숙아, 살살, 아니 살려만 줘~."

노빈손은 다 죽어 가는 소리로 웅얼거렸다.

"제발, 인류 구원을 향한 노빈손의 이 우국충정을 이해해 줘."

노빈손의 이마에선 땀이 비오듯 흘러내렸다. 뭔가 보였다. 뚱뚱한 사람, 말숙이가 틀림없는 것 같았다.

"스~습~!"

아니 이 소리는?

"니고마무라~!"

놀랄 노자였다. 니고마무라는 여자 목소리도 기가 막히게 흉내 낼 줄 알았다.

“다, 당신 뭐야. 왜 자꾸 날 괴롭히는 거야?”

노빈손은 파르르 떨리는 입을 간신히 진정시키며 말을 꺼냈다. 하지만 니고마무라는 또다시 알 수 없는 소리를 지껄였다.

“지금 아이스케키엔 어리석은 인간들이 너무 많아. 하데스 신께선 어리석은 인간들에게 시련을 내려서 그들의 어리석음을 깨우쳐 주고 있어. 그런데 왜 너는 하데스 신의 신성한 징벌을 방해하는 거냐. 더구나 프레온가스를 쓰는 냉장고처럼 해로운 기계로 말이야.”

아까 한 말이잖아. 이 녀석이! 니고마무라는 시간을 끌려는 것 같았

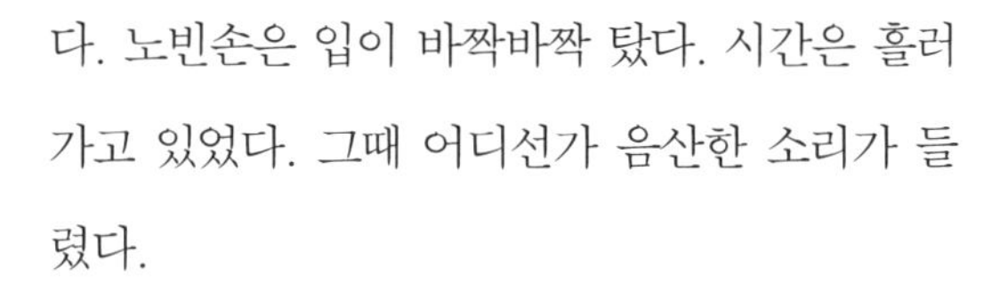

다. 노빈손은 입이 바짝바짝 탔다. 시간은 흘러가고 있었다. 그때 어디선가 음산한 소리가 들렸다.

"흐흐흐~, 내가 그랬지, 아귀를 조심하라고……."

허걱! 싸, 싸그리 다마치오……! 그는 말숙이의 집 지붕 위에서 눈빛을 빛내며 고양이처럼 앉아 있었다.

'정신없이 올라오는 틈에 또 미행을 당했구나. 휴우, 왜 이리 이상한 인간들만 내 주변에 들끓는 거야.'

왜 쉰 목소리가 날까
코를 통하여 들이마신 공기는 성대가 있는 후두를 거쳐 기도, 기관지를 지나 폐 속으로 들어가게 된다. 이렇게 들이쉰 숨을 천천히 다시 내보내면서 성대를 진동시키면 소리가 만들어진다. 쉰 목소리는 성대가 평소보다 진동을 많이 하므로 써 그 마찰로 인해 성대점막이 충혈되고 부어올라 정상적인 진동이 되지 않기 때문이다. 테이프로 듣는 목소리가 자신이 듣는 목소리와 다른 이유는 자신의 목소리를 직접 듣지 않고 뇌로 전달된 청각신경에 의해 듣기 때문이다.

바로 그 순간, 노빈손의 머릿속에 번쩍 하고 섬광이 지나갔다.

"저 아저씨, 방금 아귀라고 그랬지?"

싸그리 다마치오는 잠시 느끼하고 음산한 미소를 짓더니 어디론가 사라졌다. 참 괴기스런 점쟁이였다. 노빈손은 재빨리 냉장고 문을 열었다.

"넘발키네가 그랬지. 니고마무라 녀석이 먹을 걸 밝힌다고. 이판사판이다."

그리고는 낙지 한 마리를 꺼내들었다. 제발, 걸려들어라…….

"니고마무라, 이걸 봐라!"

낙지와 오징어
낙지와 오징어는 생긴 모양도 다르고, 발의 숫자도 틀린다. 둘 다 머리와 다리 사이에 몸통이 있지만 낙지는 몸통이 둥글고 다리가 길며, 오징어는 몸통이 길고 끝에 지느러미가 있다. 낙지는 발이 8개, 오징어는 발이 10개이다. 또 쭈꾸미는 작은 낙지처럼, 꼴뚜기는 작은 오징어처럼 생겨서 구별할 수 있다. 북한에서는 낙지, 오징어를 우리하고 반대로 부른다.

'오~옷, 저 녀석 얼굴 좀 봐!'

"스~ 스~ 스읍~, 이, 이건… 뭐냐?"

니고마무라의 입 주위 근육이 말을 듣지 않는 것 같았다.

"이건 낙지라는 진귀한 음식이다. 내가 원하는 걸 들어주면 이걸 너에게 주겠다."

녀석의 눈이 멍해 보였다. 마치 귀신에 홀린 것 같았다.

"마, 맛있겠다."

니고마무라는, 뭐랄까, 낙지를 먹고 싶어하는 한없이 깨끗하고 순수한 마음이 느껴지는 그런 표정을 하고 있었다.

"네가 원하는 건 타임머신이지? 자, 여기 있다."

'뭐, 뭐야? 아니 어떻게 이 녀석이 내 타임머신까지 갖고 있지?'

니고마무라는 거듭 노빈손을 깜짝 놀라게 했다. 하지만 놀랄 시간이 없었다. 노빈손은 잽싸게 타임머신을 낚아챘다. 그리고는 낙지를 담장 밖으로 던져 버렸다.

"내 낙지~!"

세상에……. 니고마무라는 순식간에 담 너머로 사라져 버렸다. 순간 푸른 구슬이 빛나기 시작했다. 노빈손은 냉장고와 푸른 구슬을 으스러져라 껴안았다. 또다시 온몸에 불이 나기 시작했다.

"으아아~~ 살려 줘~!"

시간 터널이 열리면서 노빈손은 정신을 잃었다.

노빈손의 **비밀 노트 2**

냉장고를 열어 두면 방이 시원해질까?

뭐든 차갑게 만드는 냉장고를 열어 두면 방 안이 시원해질까? 말숙이네 집에서 실험해 본 결과, 아니었다! 왜일까 몇날 며칠 고민하다가 오늘 과학잡지를 보고서야 드디어 의문이 풀렸다.

왜 그런지 자세히 적어놔야지, 까먹지 않게!

냉장고와 에어컨, 원리는 같다

냉장고나 에어컨에는 '냉매' 라는 요상한 이름의 물질이 들어 있다. 흔히 '에어컨에 가스를 주입한다' 고 할 때의 '가스' 가 바로 냉매다. 이 냉매가 온도를 낮추는 비밀의 열쇠를 쥐고 있다. 그렇다면 냉매의 정체는 뭘까?

쉽게 말해, 냉매는 열을 훔치는 열 도둑이다.

냉매가 기체로 변하면서 주변의 열을 훔쳐 주변을 차갑게 만드는 것이다. 냉장고 속 냉매에 비하면 좀도둑 수준이지만 물도 같은 원리로 열을 훔칠 수 있다. 무더운 날에 세수를 하고 선풍기 앞에서 얼굴을 말리면 물이 쉽게 증발하면서 얼굴의 열을 빼앗아 얼굴이 아주 시원해진다. 물이 증발하며 열을 훔친다 = 얼굴이 열을 빼앗겼다 = 시원하다. OK?

또 소독할 때 알코올이 피부에 닿아도 시원해진다. 물보다 알코올이 훨씬 시원하게 느껴지는 것은 알코올이 휘발성이 커서 주변의 열을 많이 빼앗기 때문이다. 다시 말해, 알코올은 기체로 변신하면서 열을 훔치는 솜씨가 물보다 한수 위인 것이다. 냉매는 열을 훔치는 실력이 가장 뛰어난 가스를 사용한다.

냉장고의 구조와 원리

냉장고는 쉽게 말해서, 열 도둑을 붙잡아놓고 강제 노동을 시키는 수용소인 것이다. 이 강제 수용소에 갇힌 냉매들이 몇 년 형을 받았냐고? 강제 수용소인 냉장고가 박살나지 않는 한 그들은 결코 풀려날 수 없다. 30년이건 100년이건 냉장고가 버티고 있으면 냉매는 주구장창 열 훔치기 강제 노동을 해야 한다.

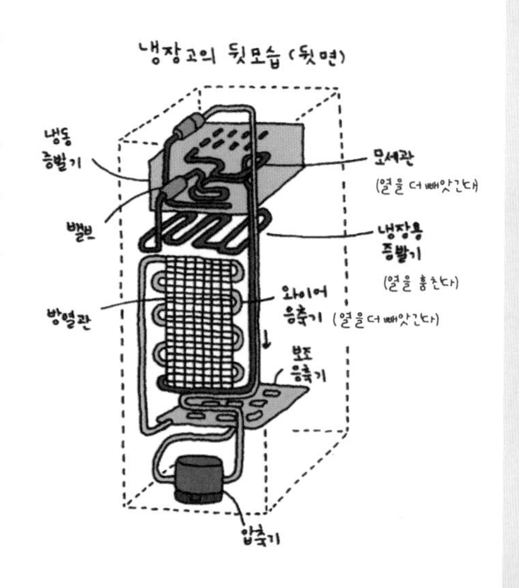

자, 그렇다면 냉장고는 어떻게 신출귀몰 연기처럼 공기 중으로 사라지는 냉매를 붙잡아놓고 열 훔치기 강제 노동을 시킬까?

답은 간단하다. 빠져 나갈 구멍이 없는 파이프 안에 냉매를 가두고 냉장고 안의 열을 훔쳐 바깥으로 실어 나르게 한다.

냉매는 파이프를 따라 돌면서 냉장고 안쪽을 지날 때에는 액체에서 기체로 변하며 냉장고 안의 열을 훔치고, 반대로 냉장고 바깥쪽을 지날 때에는 기체에서 액체로 변하면서 훔친 열을 바깥에 내놓는다.

음, 나중에 보면 이해하기 어려울지 모르니 좀더 따져 볼까?

1단계 : 냉매는 액체 상태로 냉장고 안쪽의 증발기를 지나면서 열을 훔친다.

2단계 : 순식간에 열을 훔쳐 기체가 된 냉매는 외부로 나와 압축기 펌프로 들어간다.

여기서 냉매는 압축되면서 온도가 올라가 라면을 끓여도 될 정도로 뜨거운 80도 정도의 고압 기체가 된다. 당장이라도 탈출할 것처럼 설쳐대지만 소용없다. 파이프를 완벽하게 막아서 빠져나갈 틈을 안 주기 때문이다.

3단계 : 냉매는 응축기라는 곳으로 가는데 열이 외부로 빠져 나가면서 온도가 40도까지 내려간다.

신형 냉장고에선 보이지 않지만 구형 냉장고의 뒷부분에 있었던, 열이 많이 나오는 검은색의 구불구불한 관이 바로 응축기다. 기껏 훔친 열을 안 빼앗기려고 해도 자기의 온도가 80도의 고온이기 때문에 울면서 열을 내놓을 수밖에 없다. 열은 항상 온도가 높은 곳에서 낮은 곳으로 흐르니까.

온도가 떨어지면 냉매는 액체가 된다.

4단계 : 액체가 된 냉매는 모세관을 통과하면서 다시 열을 빼앗겨 온도가 더 낮아지고, 압력도 낮아진다.

냉매가 응축기를 통과하면서 내놓지 않은 열을 좁은 관을 통과시키면서 다시 확실히 빼앗아 버리는 것이다.

그리고, 다시 1단계. 훔친 열을 다 빼앗긴 냉매는 냉장고 안쪽으로 다시 열을 훔치러 들어간다.

참, 냉장고의 안과 밖은 단열재란 걸로 차단이 되어 있어 열이 안과 밖으로 서로 전달되지는 않는다. 단열재가 뭐냐고? 건물을 지을 때 벽 속에 넣어 열이 서로 전달되는 것을 막는 재료가 단열재다. 그런 단열재를 왜 냉장고에 썼을까?

냉매가 힘들게 열을 뺏어서 밖으로 보냈으니, 바깥은 온도가 점점 올라간다. 따뜻한 데서 차가운 데로 흐르는 열이 어디로 가려고 할까? 시원한 냉장고 안쪽으로 달려드는 거는 당연지사 아니겠느냔 말이다. 그래서 그걸 막으려고 단열재로 감싸 놓는 것이다.

에어컨은 열을 집 밖으로, 냉장고는 열을 집 안으로 버린다

이쯤 되면 왜 냉장고를 열어 놓아도 실내가 시원해지지 않는지 눈치를 챘을 것이다. 바로 냉장고와 에어컨 모두 안에서 밖으로 열을 뿜어내는 일종의 열 펌프지만, 그 용도에 따라 구조가 다르기 때문이다.

냉장고는 안에서 뽑아낸 열을 집 안으로 뿜어낸다. 냉장고 속만 차갑게 하는 게 목적이기 때문에 열을 굳이 집 밖으로 빼낼 필요가 없는 것이다. 하지만, 에어컨은 집 안을 시원하게 하는 게 목적이므로 실내기와 분리된 실외기를 이용해 에어컨은 집 안에서 뽑아낸 열을 집 밖으로 뿜어낸다. 에어컨은 집 안 전체를 커다란 냉장고로 만드는 셈이다.

도대체 왜 낙지뿐이야

노빈손은 또다시 숨막힐 정도로 엄청난 눈보라 속을 헤매고 있었다. 그런데 저 멀리서 누가 다가오고 있었다.

'누구지? 굉장히 덩치가 큰 사람 같은데.'

그 사람도 푸른 구슬을 갖고 있었다. 노빈손은 그 사람에게 가고 싶었다. 하지만 눈보라가 더욱 거세졌다.

'발이, 발이 앞으로 나아가질 않아…….'

노빈손은 정신을 잃고 말았다.

"어이, 일어나."

약을 잘못 먹었을 경우
약을 잘못 먹었을 때, 빨리 조치를 취해야 한다. 항생제의 경우, 손가락을 입 안에 넣어 토하게 하는 것이 좋다. 농약은 중독되면 머리가 아프고, 심할 경우 숨을 쉬기 어려워진다. 이렇게 심하지 않을 경우, 토하게 한 다음 우유나 물, 달걀 흰자 등을 많이 먹여 위에 남은 물질을 희석시켜야 한다. 암모니아수나 양잿물, 혹은 뚫어 펑 같은 약품을 먹었을 경우엔 깨끗한 물로 여러 번 입을 헹궈내고 병원으로 옮긴다.

누군가 툭툭 건드리는 바람에 노빈손은 잠에서 깼다. 눈앞에 하데스 신전이 보였다. 노빈손은 누워서 미친 듯이 만세를 불렀다.

“돌아왔다! 만세, 성공이다. 내가 드디어 돌아왔다!”

그런데 노빈손을 내려다보는 넘발키네와 사람들의 표정이 밝지 않았다.

“뭐냐, 정말 이름 그대로 빈 손으로 돌아왔잖아? 저게 무슨 구원의 사자냐? 순 사기꾼이다!”

사람들은 아직 정신을 못 차린 노빈손에게 삿대질을 하며 빈정거리기 시작했다.

“아니다, 저 녀석은 예언에 나오는 노빈손이 아니다. 얼굴만 비슷하게 생긴 멍청이다!”

‘뭐야? 항생제가 벌써 부작용을 일으켰나? 이 사람들이 왜 이래? 설마 그 약사 아줌마가 유효기간이 지난 걸로 주진 않았겠지?’

어쨌건 노빈손은 넘발키네가 상황을 알려주기를 기다리는 수밖에 없었다.

“총각, 끈적끈적한 동물 세 마리를 가지고 뭘 어쩌라는 거야?”

‘끈적끈적한 동물? 산낙지? 이게 무슨 소리야.’

노빈손은 벌떡 일어나 주변을 둘러봤다. 하지만 아무것도 없었다.

'어? 나 정말로 빈 손이잖아!'

옷도 21세기에서 입고 있던 옷이 아니라 다른 옷이었다. 웅성거리는 사람들 사이로 니고마무라의 모습이 보였다. 묘한 표정으로 웃고 있었다.

'아하~!'

노빈손은 뭔가를 알아낸 듯 고개를 끄덕이더니 니고마무라를 쳐다봤다.

"아줌마, 니고마무라가 범인이에요."

틀림없지. 저 녀석 말고 누가 내 항생제랑 냉장고를 훔쳐갔겠어. 노빈손은 당연하다는 듯이 말했다.

"아저씨, 왜 남의 탓을 하는 거예요?"

아노가 청천벽력 같은 소리를 했다.

"총각, 변명하고 싶겠지만 열심히 일만 한 사람한테 누명을 씌우면 안 되지."

아노가 농담을 하는 줄 알았던 노빈손은 넘발키네의 말에 케이오 펀치를 먹은 기분이었다.

'아차, 이 사람들은 내가 본 걸 못 봤지.'

노빈손은 정신을 차리고 차근차근 말을 풀어 갔다.

"내가 21세기에 갔을 때, 저 녀석이 나를 방해했어요. 정말 내 두 눈으로 똑똑히 봤다니까요. 제가 얼음을 만드는 냉장고라는 기계하고,

세균을 죽여서 병을 고치는 항생제라는 약을 구하려고 얼마나 노력을 했는지 몰라요. 정말 죽도록 고생했어요. 그런데 가는 곳마다 니고마무라가 나타나서 내 일에 훼방을 놨어요. 하지만 저는 녀석을 따돌리고 냉장고와 항생제를 챙겨서 타임머신을 탔어요. 분명히 전 냉장고와 항생제를 가지고 21세기를 떠났어요. 그런데 여기 와보니 두 가지가 없단 말이죠. 그러니 이번에도 틀림없이 내가 들고 온 것들을 니고마무라 저 녀석이 훔쳐갔을 거예요."

하지만 노빈손의 기대와 달리 사람들의 웅성거림은 더욱 커졌다.

"노빈손, 이 사기꾼~! 지금 누구 핑계를 대는 거냐!"

분위기가 점점 험악한 쪽으로 치닫고 있었다. 아노가 냉정하게 말을 했다.

"아저씨, 아저씨가 다른 사람을 착각한 것 같네요. 무엇보다 타임머신은 하나뿐이에요. 그리고……."

사람들이 아노의 말허리를 잘라 버렸다.

"저 노빈손이란 녀석이 거짓말을 하고 있다! 우리 아이스케키 사람들을 우롱하고 있다! 녀석을 불의 바다에 처넣어 버리자!"

"옳소, 옳소. 우리를 속인 자에게 뜨거운 맛을 보여줍시다!"

사람들이 무서운 표정으로 다가와서 노빈손을 둘러싸 버렸다. 눈치를 보아하니 상황이 좋지 않았다. 그중에서도 몸집이 산만한 주근깨투성이 사내가 가장 화가 난 것 같았다. 그가 고개를 돌려 나머지 사람들을 노려보자 나머지도 그들 뒤를 따라와서 노빈손을 둥글게 에워쌌다.

"감히, 신성한 하데스 신전의 아노 사제와 우리의 넘발키네 의원님을 속여? 그러고도 모자라서 순박하고 일 잘하는 니고마무라까지 욕을 해?"

한 사람이 먼저 입을 열자 이번엔 그 옆에 있던 사내가 맞장구를 쳤다.

"그래, 불의 바다에 처넣어 버리자."

"이봐, 다들 찬성이지? 이런 못된 녀석에겐 뜨거~운 맛을 보여줘야 해!"

뜨겁게 끓인 물과 차가운 물 중 어떤 게 빨리 얼까?
끓인 물과 차가운 물을 얼리면 찬물이 먼저 얼어야 할 것 같지만 끓인 물이 더 빨리 언다. 왜냐하면 끓인 물은 끓으면서 물 속의 공기방울들이 다 날아가서 차가움이 더 빨리 전달되기 때문이다. 또한 끓인 물은 증발하면서 물 위의 공기를 흐르게 하여 바람을 일으켜 열을 더 빨리 식힌다. 이런 이유로 끓인 물이 더 빨리 언다.

주근깨투성이 사내가 이번에도 사람들을 째려보며 외쳤다.

'부, 불의 바다? 이건 또 무슨 소리야.'

노빈손은 겁이 나서 아무 말도 못 하고 아노와 넘발키네만 애타게 바라봤다. 그런데 두 사람도 불의 바다란 말이 나오자 당황한 듯 보였다. 일부 다른 사람들도 놀라는 것 같았다.

"불의 바다? 정말로 던져 버리게? 그, 그건 좀 심하지 않아?"

"그, 그래… 진짜로 거기에 집어던지는 것은 좀 그렇다."

"맞아. 불의 바다가 뭔지는 모르겠지만 우리, 말로 해결하자고!"

노빈손은 한숨을 쉬었다. 니고마무라는 남의 일이라는 듯 먼 발치에서 뭔가를 우물거리며 쳐다보고만 있었다.

'저 얄미운 녀석!'

그때였다. 하얀 얼굴이 더 하얘져서 백짓장 같은 얼굴이 된 아노가 사람들을 막고 나섰다.

"노빈손 아저씨가 잘못한 건 맞습니다. 하지만 불의 바다에 던질 정도는 아닙니다."

"맞아, 총각들. 제발 부탁이니 흥분을 가라앉히고 돌아가. 내가 따끔하게 야단을 칠게."

넘발키네도 거들고 나섰다.

그러자 덩치 큰 주근깨투성이 사내가 코웃음을 치더니 입꼬리를 야비하게 살짝 올리며 외쳤다.

"어이, 너희들 둘. 이리 나와서 아노 사제와 넘발키네 의원을 정중~히 모셔!"

덩치 큰 주근깨투성이가 사람들 틈에서 다른 둘을 불러내더니 아노와 넘발키네를 붙잡게 했다. 그러자 아노가 서릿발처럼 차가운 목소리로 말했다.

"이 손……, 당장 치우세요."

웅성거리던 사람들도 조용해졌다. 쥐죽은 듯한 고요가 신전 주변을 감쌌다.

"죄…… 죄송합니다."

아노와 넘발키네를 붙잡고 있던 두 남자들은 연신 고개를 조아렸다. 하지만 주근깨투성이 사내의 눈치만 살피며 손을 놓지 않았다. 마침내 넘발키네가 울먹이며 애원했다.

"안 돼, 부탁이야, 불의 바다만은 안 돼."

노빈손은 이때다 싶어 잽싸게 입을 열었다.

"아노, 넘발키네. 그래 내가 잘못했어. 니고마무라는 아무 잘못 없어. 다 내 잘못이야~."

하지만 이미 때는 늦었다. 사람들이 노빈손을 번쩍 들어올리더니 들고 뛰기 시작했다.

뜨거운 물을 유리컵에 부으면 깨지는 이유?

유리컵에 뜨거운 물을 부으면 깨지는 이유는 뜨거운 물이 담긴 유리컵 안쪽은 뜨거워져서 늘어나려고 하지만, 유리컵 바깥쪽은 여전히 공기와 맞닿아 있기 때문에 늘어나거나 줄어들지 않고 그대로 남아 있으려고 한다. 그래서 둘 사이의 균형이 깨져서 컵이 깨지는 것이다. 특히 두꺼운 유리컵의 경우 유리컵 안쪽과 유리컵 바깥쪽 사이에 힘의 불균형이 더욱 심해져서 얇은 컵보다 더 잘 깨진다.

'에이, 설마 내가 주인공인데 죽이겠어?'

노빈손은 내심 겁주다 말겠지 생각하며 오버해서 더 겁먹은 척했다.

주근깨투성이가 사람들을 보며 외쳤다.

"다들 따라와! 우리를 속인 녀석은 어떻게 되는지 똑똑~히 보여주겠어."

눈치만 살피던 사람들은 다들 분위기에 휩쓸려 뛰기 시작했다.

'어, 설마 정말 죽이려는 건가?'

아까까지의 여유는 어디론가 사라지고 차츰 모든 것이 현실로 느껴지기 시작했다.

노빈손은 눈앞이 아득해졌다.

사람들은 어딘가를 향해 미친 듯이 한참을 달리더니 우르르 멈춰 섰다. 노빈손도 그제야 정신을 차리고 주변을 둘러봤다.

"봐도, 봐도, 끔찍해……."

누군가 한숨을 쉬며 말을 내뱉었다. 노빈손의 눈에 검은 연기가 피어오르는 것이 보였다. 정말 끔찍해 보였다. 지평선 저쪽 불구덩이에서 시커먼 연기가 솟구치고 진흙구덩이에선 커다란 거품이 부글부글거리며 생겼다가 쉬이익 하는 끔찍한 소리를 내며 터지곤 했다. 시뻘건 핏물 같은 것이 펑 소리와 함께 솟구치기도 했다. 세상에 이런 곳도 있단 말인가?

"자, 던져 버리자. 더 이상은 못 가겠어."

'아, 안 돼! 난 주, 주인공이라구!'

노빈손을 들고 있는 세 녀석을 빼고는 그 누구도 다가오질 않았다. 아니 쳐다보는 것 같지도 않았다. 거대한 하수구처럼 보이는 파이프가 저 아래로 뻗어 있는 게 보였다. 불의 바다로 떨어지는 출구인가.

"그래, 던져 버리자. 하나, 둘, 셋!"

노빈손은 몸이 하늘로 둥실 솟구치는 걸 느꼈다.

"아~ ~ ~!"

인류는 영원할까 4

우리는 지금 빙하시대에 살고 있다!

우리는 최근 몇백 년간의 지구 기후만 생각하고 이보다 추워지거나 더워지면 이상기후라는 말을 쓰곤 한다. 하지만 수십억 년 지구 역사에서 기후는 큰 변동을 여러 차례 되풀이하고 있다.

빙하기와 빙하시대

지구에는 그동안 수억 년의 간격을 두고, 고위도의 극지방이나 고산지대에 1년 내내 얼음이 얼어 있는 '빙하시대'가 반복해서 나타나고 있다. 그렇지 않은 때, 굳이 말하자면 '무빙하 시대'에는 지구의 전지역이 더운 날씨를 보여 남극에도, 북극에도 식물과 동물이 살기도 했다. 지금은 남극에 식물도, 동물도 거의 살지 못하고 있으니 지구 역사에서 분명히 '빙하시대'에 해당한다.

단, 빙하시대에도 기후가 계속 춥기만 한 게 아니라 무지무지 추운 시기와 그래도 생물이 살 만한 비교적 온난한 시기가 몇만 년마다 교대로 찾아온다. 이중에서 추울 때를 빙하기(또는 빙기)라고 하고, 그래도 온난한 때를 간빙기라고 한다. 간빙기는 빙하기와 빙하기의 사이라는 뜻이다.

지금은 간빙기

최근 250만 년 동안 지구에는 4번 내지 5번의 빙하기가 있었다고 한다. 물론 그 사이마다 간빙기가 있었고. 그리고 지금은 마지막 빙하기가 끝난

후의 간빙기에 해당한다.

마지막 빙하기에는 북반구의 1/3이 얼음으로 뒤덮였었다고 하는데 우리나라 근처까지 눈과 얼음이 1년 내내 녹지 않았다는 뜻이다. 그리고 빙하기 때는 바닷물이 얼어 바닷물의 높이가 100m 이상 내려간다. 황해는 물론이고, 남해의 대부분이 육지로 바뀐다는 뜻이다. 반대로 빙하가 점점 녹으면 바닷물의 높이가 점점 높아진다.

지금도 얼음으로 뒤덮여 있는 땅은 전체 육지의 1/10을 차지한다. 그중에서 약 97%가 수천 m 높이의 얼음산으로 덮여 있는 남극 대륙이 그 대부분을 차지한다. 얼음산의 높이 때문에 전체 얼음량의 90%를 차지하고 있는 남극. 이 남극의 빙하가 다 녹으면 바닷물이 65m나 높아진다고 하니, 서울도 물에 잠겨 버리게 된다.

그런데 잠깐, 지금이 간빙기라면, 혹시?

그렇다. 앞으로 빙하기가 올 가능성이 높다는 뜻이다.

빙하기는 언제 다시 시작될까?

과학자들은 지금이 분명히 간빙기이며, 앞으로 빙하기가 다시 시작될 것이라고 한다. 최근 몇 년 사이에 지구온난화현상이 문제가 되고 있긴 해도 지난 1억년간의 지구 기온을 보면 지구가 차가워지고 있는 것을 알 수 있다. 그러니까 지구가 점점 따뜻해지는 것이 아니라 빙하기와 간빙기가 교대로 바뀌면서 조금씩 추워지고 있는 것이다.

빙하기와 간빙기가 반복되는 이유를 설명하는 이론은 여러 가지가 있지만 아직까지 명확한 설명을 하고 있지는 못하다. 다만 지구 궤도가 조금씩 변화하면서 태양과의 거리가 달라지고, 지구 자전축의 기울기가 수만 년을 주기로 달라지는 것 등이 한 원인일 것이라 추측하고 있다. 그래서 지구에 도달하는 태양에너지의 양이 주기적으로 변해 빙하기와 간빙기가 일정한 간격을 두고 나타나는 것이라고 말이다.

하지만 분명한 것은 빙하기가 다시 올 거라는 사실, 그리고 우리가 아직 그 시기를 모르고 있다는 사실이다.

우리가 사는 동안에야 아무런 걱정이 없겠지만, 후손들을 위해 빙하기가 언제 시작될지, 인류는 빙하기를 어떻게 이겨내야 할지 명확한 답을 알려줄 과학자가 나올 수 있기를…….